Kristina Dunker wurde 1973 in Dortmund geboren, studierte Kunstgeschichte und Archäologie in Bochum und Pisa und arbeitete nebenbei als freie Journalistin und Kolumnistin für verschiedene Tageszeitungen. Sie veröffentlichte ihr erstes Buch mit 17 Jahren, ist seit 1998 freie Kinder- und Jugendbuchautorin und lebt in Castrop-Rauxel, Nordrhein-Westfalen.

›Soundcheck für die Liebe‹ ist ihr erstes Buch in der Reihe *generation.*

Unsere Adresse im Internet: www.fischergeneration.de

Kristina Dunker

Soundcheck

für die Liebe

Fischer Taschenbuch Verlag

generation
Herausgegeben von Eva Kutter

Veröffentlicht im Fischer Taschenbuch Verlag,
einem Unternehmen der S. Fischer Verlag GmbH,
Frankfurt am Main, Juli 2005

Lizenzausgabe mit freundlicher Genehmigung
des Verlags Carl Ueberreuter, Wien

Druck und Bindung: Clausen & Bosse, Leck
Printed in Germany
ISBN 3-596-80575-9

Nach den Regeln der neuen Rechtschreibung

Leonie

1

Hey, jetzt spielen sie mein Lieblingslied!

Ich stoße mich von der Bande ab und gleite auf die Eisfläche. Es ist Samstagabend und die Eisdisko ist mal wieder brechend voll. Allein meine Klasse ist fast vollständig vertreten. Klar, die Saison ist nächste Woche vorbei und dann hat die Eishalle einen ganzen Sommer lang Pause.

Natürlich kann man in der Zwischenzeit draußen inlineskaten, aber auf der Straße trifft man ja nicht die ganzen Leute, die hierher kommen. Außerdem fehlt die Musik. Und ohne die läuft bei mir gar nichts.

Ich schlängle mich zwischen fahrenden Jugendlichen durch, erhöhe mein Tempo. Die Diskolichter tanzen als rote und grüne Kreise auf der glitzernden Eisfläche. Gleich hab ich richtig Speed drauf und jetzt, diese Stelle im Song, die mag ich besonders: Da stelle ich mir jedes Mal vor, ich würde das Intro spielen. Ich könnte das, keine Frage. »Yeah, yeah, yeah!« Ich singe laut mit, während meine Kufen kratschend über das Eis zischen. *Dschumm* – da kann ich noch vor den beiden Händchenhaltenden um die Kurve kommen, yippieh und jetzt die Gerade runter! Es gibt auf der ganzen Welt nichts Geileres, als mit 'nem Affenzahn über die Eisbahn zu jagen, wenn der DJ gerade den Lieblingssong aufgelegt hat. Dabei wachsen dir Flügel, ich schwör's! Du glaubst dann, du schaffst es, du siehst dich selbst auf der Bühne stehen, spielst Gitarre, wirst bejubelt, singst –

Shit, wo kommt die Tussi denn jetzt her? Hey, schleich dich aus der Bahn! Hey, pass auf! Ich kann nicht ausweichen! Mist, ich fahr sie um!

Hilfe! Wir prallen gegeneinander, sie strauchelt noch eine Weile, aber ich habe eine solche Geschwindigkeit drauf, dass ich sofort auf die Nase falle. Ich stürze auf die Knie, strecke die Arme vor um mich abzustützen und bekomme in dem Moment noch einen Schubs von ihr, dass ich einen Bauchplatscher mache und meine Finger unter ihre Kufen kriege.

Au, tut das weh. Ich ziehe die Hand zurück. Die Tränen steigen mir in die Augen. Mein erster Gedanke ist: Die hat mir den Daumen abgefahren!

Ausgerechnet den Gitarrendaumen, aus der Traum von der Karriere, aus das Lieblingslied. Da ist nur noch der Schmerz, der zieht den ganzen Arm rauf.

»Entschuldige, ich hab dich nicht gesehen. Du warst so schnell.«

Sie hat sich aufgerappelt, streckt mir die Hand hin. Ein Mädchen, etwas älter als ich, klein und schmächtig mit kurzen braunen Haaren. Ich nehme sie nur durch einen Schleier wahr.

»Bist du blind, taub oder beides?«, fauche ich sie an. »Ich hab extra noch gerufen!«

Meine Hand tut jetzt so weh, dass ich am liebsten schreien würde. Ich fühl mich auch ganz schlapp, wie ein Ballon, der plötzlich die Luft verloren hat.

Sie zuckt mit den Schultern. »Tut mir echt Leid. Komm, ich helf dir auf.«

»Kann ich schon selbst, danke«, erwidere ich und ziehe mich mühsam an der Bande hoch. Dabei versauen mir ein paar Blutflecken die neue Markenjeans. Na super, ich hab nicht so viel Knete, mir ständig neue Klamotten leisten zu können. Oh, und da drüben stehen Jens und Oliver und feixen rüber. Ja, ja, geiert ihr nur, dass die Leo mal aufs Maul gefallen ist, ihr könnt ja überhaupt nicht richtig fahren, ihr haltet ja nur den Verkehr auf, ihr lahmen Frührentner!

»Was ist denn mit deiner Hand? Tut's sehr weh?«

»Geht so.« Ich halte den Daumen an den Mund, lutsche das Blut ab und versuche die Tränen gleich mit runterzuschlucken. »Ist nur ein Kratzer.«

»Vielleicht sollten wir trotzdem kurz zum Sani gehen«, schlägt sie vor und betrachtet skeptisch meine Hand.

Der Daumen ist schon ziemlich angeschwollen. So ein Elend, ich werde bestimmt einige Tage keine Gitarre anfassen können.

»Kannst du alles bewegen?«

Was quatscht die mich so voll? Ich mache eine abwehrende Bewegung, will weiterfahren, aber sie hält mich am Pullover fest.

»Warte! Einer Freundin von mir ist mal was Ähnliches passiert. Sie konnte die Hand nachher nicht mehr bewegen, weil irgendwelche Sehnen durchtrennt waren.«

Den Daumen nicht mehr bewegen? Ich zögere. Das

Risiko kann ich nicht eingehen. Gut, ich müsste Montag nicht die Mathearbeit mitschreiben und könnte mir diese Blamage ersparen, aber ich könnte am Abend auch nicht mit Sakine Musik machen und das wäre nicht nur schade, das wäre eine Katastrophe, denn darauf freue ich mich schon die ganze Woche. Montagabends geht meine Mutter nämlich seit Jahren zu ihrer Frauengruppe. Sie jammert dort mit ein paar Tanten um die Wette, wie stressig es ist, drei Töchter allein zu erziehen, und wie wichtig es ist, sich trotzdem noch selbst zu verwirklichen. Ich dagegen verwirkliche mich, wenn ich mit Sakine Musik mache, und das kann ich eben nur, wenn meine Mutter nicht da ist und ich das Wohnzimmer für mich habe. Und wenn ich meine Hände bewegen kann, versteht sich.

»Na schön«, brumme ich also und folge dem Mädchen in den Vorraum.

»Ich heiße Britta, und du?«

»Leo«, antworte ich knapp. Der Gedanke, dass wirklich was Ernstes mit der Hand sein könnte, macht mich nicht gerade gesprächig.

»Leo? Cooler Name. Stammst du von Löwen ab?«

Sie lacht, das ist ja unglaublich. Erst massakriert und verstümmelt sie mich halb und nun reißt sie auch noch dämliche Witzchen.

»Nee«, brumme ich, »aber dass deine Verwandtschaft im Affenhaus wohnt, ist offensichtlich.«

Sie kringelt sich vor Lachen und schiebt die Tür zum Sanitätsraum auf. Zwei gelangweilte Zivis sitzen an einem Tisch, rauchen und trinken Kaffee aus Plastikbechern.

»Was wollt ihr denn, hier ist kein Platz für Kids!«, begrüßen sie uns unfreundlich.

»Wir hatten einen Unfall«, erklärt Britta, »Leona hat sich den Daumen verletzt.«

»Leonie«, korrigiere ich, »mit ›ie‹.«

»Entschuldige.« Sie hört auf zu lachen.

»Zeig mal her die Flosse!«

Ich strecke meine Hand aus und der Zivi grabscht danach und befühlt die einzelnen Fingerglieder.

»Würd ich röntgen lassen. Müsst ihr ins Krankenhaus fahren.«

Ich verdrehe die Augen. Ich habe drei Euro für einen Diskoabend ausgegeben, ich wollte mich amüsieren und nicht im Krankenhaus rumhocken. Wenn ich das jetzt meinen Freundinnen erzähle, werden die auch nicht begeistert sein. Sakine ist nicht dabei, sie würde mich vielleicht begleiten, aber Anja und Melanie haben bestimmt keine Lust, die Schlittschuhe schon wieder auszuziehen.

Ich seufze. »Muss das denn sein?«, frage ich die Zivis.

Sie zucken die Achseln, rauchen weiter.

»Wir können dir auch einfach nur einen Verband drum machen, aber wenn wirklich was passiert ist, kannst du nicht sagen, wir hätten dich nicht zum Arzt geschickt.«

Ich nicke. Und ich hatte mich so auf diesen Abend gefreut! Daran ist doch nur diese Britta schuld, hätte sie nicht mitten im Weg rumgestanden –

»Na komm, dann fahren wir eben hin. Ich begleite dich auch. Ist ja schließlich meine Schuld, dass du dich heute Abend nicht amüsieren kannst.«

Sie schubst mich an und grinst ein bisschen. Klein ist sie, trotz der hohen Schlittschuhe ein richtiger Zwerg. Ich seufze und ergebe mich in mein Schicksal.

Zwanzig Minuten später sitzen wir im neonbeleuchteten Flur der Ambulanz und warten. Britta hat sich eine Dose Sprite gekauft, hat mir auch eine angeboten, aber ich wollte nicht. Ich bin ein bisschen in Panik. Mein Daumen sieht nämlich nicht sehr lecker aus.

»Willst du einen Schluck?«

»Nee, danke.«

»Kennst du schon den Witz von der Blondine im Krankenhaus?«

Ich schüttele den Kopf.

»Soll ich ihn dir erzählen oder nicht?«

»Muss nicht sein.«

Ich will keine schlechte Laune haben, aber die Angst um meine Hand lähmt mich einfach. Ungeduldig werfe ich einen Blick auf die Uhr. Wann bin ich denn endlich dran? Bis die im Krankenhaus mal so weit sind, sind die Patienten alle schon halb gestorben.

Britta schweigt, hebt ihre Schlittschuhe vom Boden auf und kitscht die Kufen aneinander. *Klack-klack, klack-klack,* machen sie, es hört sich wie ein Takt an. Ich muss wieder an meine Musik denken.

»Hör zu, Britta, ich bin nicht sauer oder so. Das Problem ist nur, dass ich meine Hand brauche. Ich spiele Gitarre, und wenn ich ein paar Wochen nicht üben könnte, wäre das ziemlich mies.«

Sie dreht mir den Kopf zu, ihre Augen leuchten plötzlich.

»Du spielst Gitarre?«

Ich nicke.

»Super! Bist du in einer Band oder machst du's nur so?«

»Mit einer Freundin zusammen. Wir sind dabei, eine Band zu gründen«, behaupte ich. In Wirklichkeit kann ich auf der Gitarre gerade mal ein paar Oldies covern und Sakine singt einfach gern, genauso wie sie auch Bauchtanz macht und Jazztanz in der Schule.

»Hey!« Britta lässt die Schlittschuhe schwungvoll auf den grünen Gummifußboden knallen und springt auf. Ich rücke entsetzt zur Seite, hab keine Lust, mir auch noch die Zehen absäbeln zu lassen.

»Vorsicht! Du bist ja 'ne Gefahr für die Menschheit!«

Sie lacht. »Jetzt pass mal auf, ich werde dir deine schlechte Laune schon vertreiben.«

Britta grinst mich an, langt noch einmal zu ihrer Sprite, trinkt einen Schluck und stellt sich in Position. Was soll das denn jetzt?, denke ich. Da stößt sie plötzlich einen Juchzschrei aus und fängt mitten auf dem Krankenhausflur an zu tanzen und zu rappen:

»Heute hat mich schon der Wecker
wieder viel zu früh geweckt,
die Milch war sauer, gar nicht lecker,
und mein Spiegelbild erschreckt.
Und kaum aus dem Haus getreten,
gleich in Hundedreck getappt,
ich hab nicht darum gebeten,
hab gewusst, dass heut nichts klappt.

Ich sag:
Nervt dich etwas an,
kriegst du eine Krise,
macht dich jeder an,
fühlst du dich ganz miese:
Lass dich bloß nicht hängen!
Schmeiß den Typen raus!
Den Tag kannst du dir klemmen!
Flipp doch einfach aus!

Und dann in der Schule
wieder nichts geschnallt,
du bist nicht die Coole,
dich lässt das nicht kalt.
Aus dir soll was werden,
irgendwas mit Stil,
du hast große Träume,
du willst wirklich viel.

Ich sag:
Nervt dich etwas an,
kriegst du eine Krise,
macht dich jeder an,
fühlst du dich ganz miese:
Lass dich bloß nicht hängen!
Schmeiß den Typen raus!
Den Tag kannst du dir klemmen!
Flipp doch einfach aus!

Und dann in der Disko
kommt der Tageshit.
Du fühlst dich ganz gut so,
fühlst dich richtig fit.
Da kommt diese Tante,
'ne richtig dumme Sau,
die fährt dir übern Daumen,
der wird rot und blau –«

Sie schlägt sich übermütig an die Stirn, breitet die Arme aus, setzt noch mal zum Refrain an und lacht, lacht locker über sich selbst.

Mann, ich hab ja einen Glückstag, die ist richtig gut drauf, diese Britta, und weil ich so begeistert von ihrem improvisierten Song bin, singe ich glatt mit, stehe sogar auf und hopse mit ihr ausgelassen auf dem Flur herum.

»Fräulein Leonie-Marie Meier, bitte!«

Ich drehe mich um, die Tür zum Behandlungsraum steht jetzt offen und zwei Krankenschwestern glotzen uns an, als wären wir nicht ganz dicht. Leben die auf dem Mond? Die haben wohl noch nie singende Mädchen gesehen! Na ja, wahrscheinlich nicht im Krankenhaus. Ich werfe einen Blick auf meinen Daumen und er fängt schlagartig an wieder wehzutun. Pustekuchen: Glückstag. Jetzt werden sie mich bestimmt notschlachten!

Britta macht ein entschuldigendes Gesicht und zuckt mit den Schultern. Klar ist ihr das peinlich mit dem Unfall, aber so was passiert eben. Selbst wenn der Arzt mir jetzt eine Spritze geben wird, verzeihe ich ihr. Und man muss wissen, dass Spritzen auf meiner Horrorskala genauso hoch rangieren wie Spinnen, Mathearbeiten und

Perverse in der S-Bahn. Das sind so die schlimmsten Dinge, die ich mir im Leben vorstellen kann.

Aber heute Abend ist mir das egal. Ich bin sogar froh, dass ich Britta umgefahren und kennen gelernt habe. Sie hat voll was drauf! Irre! Wir könnten mit Sakine eine Band gründen! Jemand mit witzigen und tollen Textideen hat uns die ganze Zeit schon gefehlt! Ich grinse ihr zu und folge den Schwestern mutig in den Behandlungsraum.

»Nervt dich etwas an, kriegst du eine Krise ...«, summe ich dabei.

2

Am Abend brenne ich darauf, jemandem von meinem Erlebnis zu erzählen.

Meine Mutter sitzt mit meiner Schwester Tatjana am Küchentisch und diskutiert mal wieder über Piercings. Tatti wird nächste Woche siebzehn und zu ihrem Geburtstag will sie sich entweder einen grünen Glitzerring durch die Augenbraue stechen oder eine Tattoo-Schlange über den Oberarm ringeln lassen. Mir würde ein Piercing ja besser gefallen. Ich war schon ein paar Mal mit Tatti in dem Laden, in dem's die Dinger gibt, und hab mir heimlich auch schon eins ausgesucht. Jetzt, da ich den Daumenschocker überstanden habe, fürchte ich mich auch nicht mehr vor dem Hautdurchbohren. Ehrlich gesagt hatte ich vorhin ganz schön Bammel, aber als der Arzt mir sagte, dass es viel schlimmer aussähe, als es wirklich wäre, war ich beruhigt. Jedenfalls werde ich nicht mein Leben lang ein Krüppel bleiben. In zwei Tagen kann ich sogar den Verband wieder abmachen und Gitarre spielen.

»Hi, Leute!«, grüße ich und halte die verletzte Hand hoch.

»Was hast du denn gemacht?!«, ruft meine Mutter und Tatjana schenkt mir einen genervten Blick. Wahrscheinlich hatte sie Mutter gerade so weit, dass sie Ja zu ihrem Piercing sagt, und jetzt vermassele ich ihr alles.

»Eine Freundin ist mir über die Hand gefahren«, erkläre ich fröhlich, »aber es ist nicht so schlimm, denn die mir über die Hand gefahren ist, die Britta, also, die war erst nicht meine Freundin, aber jetzt ist sie's, die kann unheimlich gut Texte machen, so für Lieder, auch Rap-Songs, HipHop und so. Wir werden mit Sakine eine Band gründen, ist das nicht Klasse?!«

Mein Gesicht ist ganz heiß, ich bin aufgeregt und überschlage mich vor Freude, aber meine Mutter versteht natürlich kein Wort.

»Was? Wer ist dir über die Hand gefahren? Was hat der Arzt gesagt? Und um welche Band geht es überhaupt?«

Ich hab keine Lust, ihr das alles auseinander zu klamüsern. Echt, ich verstehe nicht, wieso Eltern immer so schwer von Begriff sein müssen. Dauernd nervt mich meine Mutter, ich soll langsamer sprechen und ganze Sätze bilden. Ich bin doch hier zu Hause und nicht in der Schule!

»Unsere Band eben!«, sage ich noch mal und hole mir etwas zu trinken aus dem Kühlschrank.

»Guck mal, Mama, was hältst du von dem Stab hier, der, der wie eine Stecknadel aussieht. Der würde dir doch auch gut stehen ...« Tatjana hält meiner Mutter den Katalog vor die Nase, aber die hat gerade das Wort »Band« aufgeschnappt und ergreift meinen Arm.

»Apropos Lärm: Die Krummbein hat sich bei mir beschwert. Ihr sollt letzte Woche wieder Krach gemacht haben. Leo, das muss aufhören! Die Krummbein droht mir schon mit einer Anzeige!«

»Das ist kein Krach, das ist Musik!«, verteidige ich mich. Ich hab schon keine Lust mehr, meiner Familie irgendetwas von Brittas und meinen Plänen zu erzählen. Wozu soll ich denen sagen, dass Britta außer dem *Flipp-aus*-Song noch ein paar andere coole Texte auf Lager hat, dass sie Schlagzeug spielt und Techno genauso hasst wie ich, dass sie übers Tanzen zur Musik gekommen ist und nach drei Jahren Ballettschule angefangen hat moderne Sachen zu machen und ein paar Instrumente zu lernen, dass sie ein richtiger Musik-Freak ist und dass ich mich morgen mit ihr im Café des Jugendheims verabredet habe. Das interessiert mein Volk doch gar nicht. Meine Mutter will nur sicher sein, dass ich nicht an meiner Handverletzung abkratze und die Krummbein nicht weiter auf die Palme bringe, und Tatti will nur die Erlaubnis, sich möglichst schnell von einem normalen Menschen in einen lebenden Schmuckladen verwandeln zu dürfen. Ich hab Lust, meinen Vater anzurufen, aber wenn ich seine Nummer wähle, hebt bestimmt die neue Frau den Hörer ab und die kann ich mir jetzt nicht ziehen. Es gibt eben Menschen, die auf mich wie Schlechte-Laune-Tabletten wirken. Im Grunde genommen hat sie mir nichts getan, aber wenn sie dran ist und sagt, dass mein Vater nicht da sei, muss ich jedes Mal denken, dass sie mich nur abwimmeln will. Wahrscheinlich ist das Quatsch, aber es ist eben ein Gefühl, das ich nicht abstellen kann. Sakine kann ich auch nicht anrufen, weil sie's nicht so gern hat, wenn man sie nach neun noch am Telefon sprechen will. Ihre Eltern sind zwar ganz prima und offen, sie verlangen zum Beispiel nicht von ihr, dass sie mit einem Kopftuch rumrennt und solche Sachen, aber trotzdem sind sie als gläubige Moslems natürlich nicht begeistert, wenn Saki abends lange mit mir zusammen ist. Das ist eben so und es stört mich auch nicht, obwohl ich sie manchmal gern spät anrufen würde. Jetzt zum Beispiel. Jetzt fühl ich mich ein bisschen einsam, obwohl nebenan der Fernseher läuft, meine Mutter und Tatjana noch in der Küche rumbrüten und Nicole sich im Bad schon eine halbe Stunde duscht, sodass es nicht mehr lange dauern kann, bis meine Mutter rübergeschossen kommt und sie anpflaumt, dass sie nächsten Monat die Wasserrechnung allein bezahlen kann, wenn sie so weitermacht.

Ich seufze, rücke die Gitarre nah an mein Bett und schiele, bevor ich das Licht lösche, noch einmal zum Poster von Robbie Williams hinüber. Ich hab Britta nicht gesagt, dass ich ein totaler Fan von ihm bin. Sie muss ja nicht gleich alles wissen. Außerdem bin ich nicht nur Fan von Robbie, sondern auch von Steffen.

Steffen ist natürlich kein Star. Er geht seit zwei Monaten in meine Klasse und seit genau zwei Monaten würde ich das Mega-Bravo-Poster von Robbie am liebsten gegen ein Passbild von Steffen eintauschen. Doch ich bin eine tollpatschige, feige Tranfunzel und komme nicht an ihn ran.

Sonntag und die Sonne lockt mich. Ich springe so flott aus dem Bett wie ein Grashüpfer, hab keine Lust, heute auszuschlafen, will was unternehmen, will zu Sakine. Schnell ziehe ich mich an und eile ins Bad. Katzenwäsche und dann nichts wie ab. Heute ist ein historischer Tag: Unsere Band wird gegründet. Wir werden so berühmt werden wie die *No Angels* oder die *Spice Girls.* Genau! Außerdem werden wir Hunderttausende von

Fans haben und jeden Abend mit anderen Promis ausgehen. Die Jungs in meiner Klasse haben ab heute keine Schnitte mehr. Nicht mal Steffen – obwohl, der vielleicht schon.

Fröhlich hopse ich in die Küche. Meine Mutter sitzt rauchend vor der Anrichte und starrt auf die Kaffeemaschine. Die gurgelt aber heute komisch. Röchelt richtig wie im Fernsehen die Zombies, wenn sie vom Terminator abgeschlachtet werden. Sie wird doch nicht kaputtgehen? Wenn meine Ma morgens keinen Kaffee kriegt, ist sie den ganzen Tag nicht zu genießen.

»Moin!«, grüße ich laut, ich mein's freundlich. Viel zu spät fällt mir ein, dass mein Vater immer »Moin« gesagt hat, weil er aus dem Norden kommt. Meine Mutter wirft mir einen muffeligen Blick zu und schlägt dann mit der freien Hand auf den Deckel der Kaffeemaschine. Wahrscheinlich stellt sie sich dabei vor, es wäre die Wange meines Vaters. Man weiß ja nie, wie Eltern ihre Aggressionen abbauen. Schlechte Laune hat sie auf jeden Fall, denn jetzt stellt sie die Kaffeemaschine aus und setzt ihr Genervt-gestresst-gleich-gefährlich-Gesicht auf.

»Leo«, fängt sie auch schon an. »Wie geht's deiner Hand?«

»Och, gut.« Ich hab im Traum die ganze Nacht mit der verletzten Hand Gitarre gespielt, von daher kann's ihr gar nicht schlecht gehen.

»Und warum bist du schon wach?«

»Wieso? Darf ich nicht schon wach sein? Sonst meckerst du immer, dass ich zu lange im Bett liegen bleibe!«

Aus Eltern wird man einfach nicht schlau. Jahrelang

beschweren sie sich, dass man etwas anders machen soll, und wenn man es schließlich tut, ist ihnen das auch nicht recht.

Sie seufzt. »Mein Bruder hat heute Geburtstag. Er hat die Familie zum Essen eingeladen. Ich möchte, dass du mitfährst.«

»Öööö!«, entgegne ich. »Öde!«

»Gar nicht. Du kannst auch ein bisschen mehr am Familienleben teilnehmen. Tatjana und Nicole fahren auch mit.«

»Na, das reicht doch. Da brauchst du mich nicht auch noch quälen!«

»Leonie-Marie!«, braust sie auf.

»Mama, ich kann auf keinen Fall mitfahren. Ich bin verabredet – mit einer astreinen Rapperin. Wir machen eine Band. Mama, es geht um meine Karriere!«

»Karriere!« Sie fährt sich mit den Fingern durch die Haare. »Du könntest dich mal in Mathe auf den Hosenboden setzen. Wann schreibt ihr eigentlich die nächste Arbeit?«

»Morgen in der ersten.«

»Aha. Dann bleibst du hier und arbeitest!«

»Super!«, freue ich mich und umarme sie.

»Du arbeitest!«, wiederholt sie.

»Ja!«, rufe ich, schon im Flur. »Ich lerne bei Sakine!«

Und schon bin ich draußen, ohne richtiges Frühstück, aber so kann sie sich's wenigstens nicht anders überlegen. Familienfeste sind immer schrecklich öde. Zwar bekomme ich von Opa mal 'nen Zehner zugesteckt, aber ansonsten wachsen mir Pickel vor Langeweile.

»Findst du etwas öde, findst du etwas blöde …«, reime

ich nach Brittas Muster, na ja, ich kann's nicht so gut, geb ich auch zu, aber in einer Band ist man ein Team, jeder muss woanders gut sein und meine starken Saiten sind eben die der Gitarre. Yeah, ich hab schon wieder full speed drauf, fege die Treppenhausstufen hinunter, oh, da unten ist die Krummbein mit ihrem Lieblingswischeimer, keine Angst, Alte, ich renn dich schon nicht um, so was würd ich doch nie machen!

Sakine wohnt in einem wunderschönen alten Zechenhaus, wie ich mir auch immer eins gewünscht habe. Es gibt einen Garten, in dem im Sommer riesige Sonnenblumen wachsen, und das ganze Treppenhaus ist lustig bunt gemustert, rotweiß kariert oder mit Schnörkelfliesen. Die Fenster sind auch so schön geschwungen, mit morschen Rahmen und quietschenden Griffen zwar, aber eben richtig romantisch-schön. Nicht so gleichförmig und steril wie bei uns im Haus. Bei uns im Haus wachsen sogar die Blätter der Topfblumen im Flur in DIN-Größe. Außerdem ist ständig alles sauber. Wenn du nur mal über 'ne feuchte Wiese gelaufen bist und ein paar Mikrokrümel Lehm am Turnschuh hast, kriegst du von der Krummbein gleich einen Anschiss, als hättest du eine mittelgroße Umweltkatastrophe ausgelöst. Die Krummbein ist in puncto Sauberkeit gnadenlos grausam und in puncto Ruhestörung natürlich auch. Bei Sakine im Haus ist das anders. Ich hab noch nie schlecht gelaunte Nachbarn getroffen. Die Studenten, die in der Wohnung nebenan leben, sind richtig nett und haben uns sogar schon mal mit dem Auto mit in die Stadt genommen.

Ich werfe mein Rad gegen die Hauswand und läute Sturm, aber Sakine hat mich schon gesehen und winkt aus dem Fenster herunter.

»Willst du Mathe lernen?«

»Spinnst du? Komm runter, ich hab gestern was Geiles erlebt, du wirst staunen!«

»Moment!« Sie verschwindet nach innen und ich höre sie mit ihrem Vater auf Türkisch reden. Ich würde auch gern mal Türkisch lernen. In der Schule lernen wir ja nur Englisch, aber das kann man nirgendwo sprechen, weil es in meiner Klasse keinen einzigen Engländer gibt und meine Mutter nicht mit uns nach London fahren will, weil sie behauptet, dort würde es nur regnen. Türken gibt es in meiner Klasse acht. Wäre es da nicht logischer, mal so was zu lernen? Aber ich sag ja sowieso immer: Schule ist für nix gut. Voll vorbei am Leben.

Sakine öffnet die Tür und wir umarmen uns kurz.

»Günaydin«, sage ich, das heißt so was wie Guten Morgen. Es ist das einzige Wort, das ich kann.

»Ciao«, antwortet sie und grinst. »Was ist passiert?«

Ich erzähle von Britta, mache das Lied nach, sage, dass wir uns treffen wollen, gleich heute Nachmittag.

»Schön«, sagt sie, »und bis dahin machen wir noch etwas Mathe?«

»Hast du einen Schuss in der Kanne? Wir könnten –«, fange ich an, aber ich sehe, dass sie sich schon fürs Lernen entschieden hat. Sakine hat im Gegensatz zu mir zwei riesige Vorteile. Erstens ist sie vernünftig wie 'n Streber, aber natürlich nicht hochnäsig, sondern voll lieb. Zweitens ist sie total ruhig und gelassen, niemals hibbelig. Hibbelliesen wie ich würden nie cool sagen können: »Wir machen jetzt Mathe«, so nach dem Motto: »Erst die Arbeit, dann das Vergnügen.« Hibbelliesen wie ich fahren Leute um, versagen im Kopfrechnen und haben eine Energie wie gut geschüttelte Sprudelflaschen.

Das macht sie ja so sympathisch.

Als wir beim Jugendheim ankommen, ist mir ganz flau im Magen. Entweder hab ich zu viele von den süßen Sachen genascht, die mir Sakines Mutter zum Tee angeboten hat, oder ich wünsche mir das Zustandekommen der Band so sehr, dass ich befürchte, es könnte nicht klappen. Was ist, wenn Sakine und Britta sich nicht verstehen? Wenn Britta gar nicht kommt? Wenn Sakine wieder sagt, dass ihr die Musik zwar Spaß macht, sie aber nicht mehr als nur Spaß will? Normalerweise mache ich mir nicht so viele Gedanken, bin ich nicht so pessimistisch. Gut, ich glaub nicht dran, dass der Lehrer genau in der Stunde vor der Englischarbeit auf einer extra präparierten Bananenschale ausrutscht und die Arbeit ausfallen lässt. Oder daran, dass Steffen mich gleich zum Eisessen einlädt, wenn ich ihn vielleicht irgendwann mal anspreche. Ich bin Realist, aber kein Kind von Traurigkeit. Nur wenn es um Dinge geht, die mir wichtig sind, krieg ich das große Flattern. Gott sei Dank ist mir nur wenig wirklich wichtig.

Mein Vater war wichtig. Bis es im letzten Jahr zur Scheidung meiner Eltern kam, hab ich mir ganz fest gewünscht, dass die beiden sich wieder vertragen. Das Wünschen war so stark, dass es mich jeden Moment begleitet hat, morgens beim Zähneputzen, mittags auf dem

Heimweg im Linienbus und nachts im Bett. Genutzt hat es gar nichts. Irgendwann hat mein Vater die Tür zum Schlafzimmer eingetreten, seine Klamotten gepackt und meiner Mutter ins Gesicht geschrien, dass es endgültig aus sei; da hab ich's kapiert. Mit dem Holz der Tür ist in mir drinnen das Wünschen zersplittert. Das war eine Wucht wie eine Explosion, das tat weh.

Mein Vater hat damals viel aus meinem Leben mitgenommen:

Seine Stimme am Abend, wenn er »Nacht, Leönchen« sagte. Niemand sagt sonst Leönchen zu mir.

Seine Modellflugzeuge hat er mitgenommen, die roten und weißen Edelspielzeuge aus weichem Holz, die er auf dem Schrank im Wohnzimmer aufgebaut hatte. Mein Vater hat mir gern technische Sachen gezeigt, ich bekam mit fünf einen Metallbaukasten und eine Eisenbahn. Den Baukasten hab ich noch. Manchmal hole ich ihn unterm Bett hervor und sehe ihn mir an. Nicht dass ich wirklich gern damit gespielt habe. Doch die Erinnerung an die Tage, an denen ich mit ihm den Baukasten ausprobiert habe, macht mich froh und furchtbar traurig zugleich.

Seine Plattensammlung hat er natürlich auch mitgenommen. Fort die Sonntage, in denen die Stones durch die Wohnung schallten und meine Mutter über Kopfschmerzen klagte. Fort die streitenden Worte zwischen dem Hämmern der Bässe. Fort die Befangenheit, die nach einem fetzenden Streit im Raum hing wie Vogelfedern, die langsam zu Boden segeln. Sie hatten wieder ein Hühnchen miteinander gerupft. Fort ist das alles, aber seine Musik ist doch in meinen Ohren geblieben.

Er hat mir vor zweieinhalb Jahren die Gitarre geschenkt, zu meinem elften Geburtstag.

»Und? Ist sie da?« Sakine hat die Tür zum Café geöffnet und schubst mich an. »Traumtüte! Wo bist du mit deinen Gedanken? Stehst du schon auf der Bühne und verbeugst dich?«

Sie kitzelt mich ein bisschen und ich lehne mich an sie ohne zu antworten. Bei ihr weiß ich, dass ich nicht ständig etwas sagen muss, sie nimmt's mir nicht übel, wenn ich einfach nur seufze und keine Erklärung abgebe.

»Sie ist noch nicht da. Setzen wir uns da drüben hin und warten?«

Wir hocken uns an die Theke, Sakine quatscht mit Stefanie, der Sozialarbeiterin, und ich behalte den Eingang im Auge.

An eine Wand hat jemand groß in Graffitibuchstaben »Yeti-Girls go to Hollywood« gesprüht: *Yeti-Girls,* überlege ich, wäre das nicht ein Name für uns?

»Sakine!« Ich unterbreche die beiden. »Was hältst du davon, wenn wir uns auch *Yeti-Girls* nennen?«

»Bloß nicht! Wir sind doch keine zotteligen Monster!«, protestiert sie sofort und Stefanie fragt, ob wir einem Gebirgsverein beitreten wollen.

Blöde Schnepfen, da hab ich mal eine Idee und keiner findet sie gut. Ich will gerade ein bisschen schmollen, da kommt Britta herein.

»Hi!«, grüßt sie, steuert auf uns zu und stellt sich vor. Superschnell und locker geht das, denke ich. Wenn ich mal ihre Klappe hätte und nicht immer solche Schüchternheitshemmungen, dann würde mich Steffen vielleicht wirklich mal zum Eisessen einladen.

Britta ist schon dabei, Sakine zu erzählen, wie wir uns kennen gelernt haben, sie schielt auf meinen Daumen, lächelt etwas verlegen und fragt: »Und? Kannst du spielen?«

»Aber klar!«, behaupte ich.

Britta guckt mich einen Moment misstrauisch an, dann lacht sie und sagt: »Du bist echt in Ordnung. Also, von mir aus können wir sofort eine Band gründen. Ich meine, falls ihr meine Musikrichtung mögt. Ich bin gerade dabei, so ein paar Stile auszuprobieren, meinen eigenen Style zu finden … Also, ob ich mich jetzt so richtig als Rapperin bezeichnen würde, weiß ich nicht, ich mag HipHop total, hab auch mal Breakdance versucht und so, aber irgendwie schwebt mir so etwas ganz Eigenes vor …«

»Erlaubt ist doch, was gefällt«, ermuntert sie Saki. »Man muss sich nicht gleich einer Richtung zuordnen. Und das, was Leo über deinen Auftritt im Krankenhaus erzählt hat, hat mir jedenfalls imponiert.«

»Der war auch Klasse, Saki. Du musst Britta unbedingt live erleben. Hey, wir könnten uns morgen Abend bei mir treffen und ausprobieren, wie wir miteinander klarkommen!«, schlage ich vor.

»Morgen Abend kann ich nicht, Leo, weil wir Besuch von Verwandten bekommen«, wirft Saki ein.

Ich seufze. »Dann geht es bei mir erst wieder in einer Woche, sonst ist meine Mutter immer da. Wie sieht's denn bei dir mit dem Proben aus?«

Britta schüttelt den Kopf. »No chance. Normalerweise ginge es bei uns im Keller, aber der wird umgebaut, das kommt nicht so gut. Na, jetzt guckt nicht so enttäuscht, dafür hab ich auch schon ein paar eigene Liedtexte mitgebracht.«

»Echt? Zeig mal, sing mal!«, ruft Saki begeistert.

»Hier im Jugendheim?« Britta wird rot. Also ist sie doch auch ein kleines bisschen schüchtern. Das macht sie noch netter, finde ich.

»Ob hier oder im Krankenhaus, ist doch egal.« Ich schubse sie ein bisschen. »Ich will auch gerne was hören. Außerdem ist doch jetzt nicht viel los.«

»Na gut«, sagt Britta, »also, zuerst hab ich hier ein Lied, das ich mal für meine beste Freundin geschrieben habe.« Sie wippt ein bisschen mit dem Kopf, klopft mit den Fingern einen Rhythmus auf die Theke und beginnt dann mit dem Sprechgesang:

»An sich hab ich ja nix zu lachen,
nur eines kann mich glücklich machen: du!
Morgens früh, der Bus ist voll,
die Lara nervt mich wieder doll –,
doch da bist du!
Die Hausaufgaben nicht gemacht,
in Englisch wieder durchgekracht –,
doch da bist du!
Du bist einfach immer da,
niemals fern, nein, immer nah,
spannst mir 'nen Schirm im Regen auf
und sagst: ›Verlass dich drauf!‹
Fängst mich auf, wenn ich mal falle,
erklärst mir klar, was ich nicht schnalle.
Malst mir die Sonne ins Gesicht,
ich hoffe, du verlässt mich nicht!

Beste Freundin,
treuste, tollste,
ja, ich geb's ja zu,
manchmal sag ich: ›Blöde Kuh!‹
Manchmal bin ich tierisch sauer,
zwischen uns ist dann 'ne Mauer,
manchmal bin ich eifersüchtig,
manchmal nervst du mich so richtig,
manchmal will ich dich nicht sehn,
doch das wird nie lange gehn,
denn eines, das ist immer klar:
Wir sind füreinander da!

An sich hast du nicht viel zu lachen,
deine Mutter ist ein Drachen,
dein Vater trinkt und tobt durchs Haus,
doch dann komm ich und hol dich raus.
Morgens früh, du hast verpennt,
ich schelle Sturm, als ob es brennt.
In Sport, da bist du nicht so fit,
da mach ich dann für dich mit.
Mit Kohle auch, da hast du Sorgen,
zehn Euro kann ich immer borgen.
Und wenn dir sonst noch etwas fehlt,
wend dich an mich, ich weiß, was zählt.
Für dich, da bin ich immer da,
ich komm von fern, ich komm von nah.
Spann dir 'nen Schirm im Regen auf
und sag dir: ›Verlass dich drauf!‹
Fang dich auf, wenn du mal fällst,
schenk dir, was du nicht für möglich hältst,

mal dir die Sonne ins Gesicht
und sag dir: ›Ich verlass dich nicht!‹

Liebe Freundin,
treuste, tollste,
ja, ich geb's ja zu,
manchmal sag ich: ›Blöde Kuh!‹
Manchmal bin ich tierisch sauer,
zwischen uns ist dann 'ne Mauer,
manchmal bin ich eifersüchtig,
manchmal nervst du mich so richtig,
manchmal will ich dich nicht sehn,
doch das wird nie lange gehn,
denn eines, das ist immer klar:
Wir sind füreinander da!«

»Toll!«, staunt Saki nach einer Weile. »Da hat sich deine Freundin aber gefreut, was?«

»Hmmm«, macht Britta.

»Und wer ist deine beste Freundin?«, frage ich neugierig.

»Katharina heißt sie. Aber«, fügt Britta leise und etwas bedrückt hinzu, »na ja, wir haben uns verkracht. Eigentlich ist sie gar nicht mehr meine Freundin. Sie ist jetzt lieber mit Lara und Liz aus meiner Klasse zusammen.«

Einen Moment schweigen wir alle, dann bricht Saki die trübe Stimmung und klopft Britta aufmunternd auf den Rücken. »Jetzt hast du ja uns«, sagt sie und lächelt. »Also, Leo, wann spielen wir?«

Ich überlege. Und wenn wir heute schon zu mir nach Hause gehen? Zu dritt könnten wir Brittas Drums problemlos rüberschaffen. Zwei Toms würden locker genügen, kein Mensch braucht für einen ersten Versuch die ganze Ausstattung. Ich bewege meinen Kopf leicht vor und zurück und fange mir ein Grinsen von Sakine.

»Leo denkt nach«, klärt sie Britta auf.

»Aha?« Britta lächelt zum ersten Mal wieder.

Ja, das Kopfwackeln ist so eine komische, tierische Angewohnheit von mir. Wenn ich stark nachdenke, bei einer Klassenarbeit oder so, bin ich die ganze Zeit mit dem Kopf in Bewegung wie die Vögel mit den gebogenen Hälsen. Die picken auch immer mit dem Kopf in der Luft rum. Was soll's, es hat eben jeder seine Ticks.

Saki grinst mich immer noch an. Ich muss mich endlich entscheiden: Sturmfreie Bude für eine Bandprobe hab ich ja. Die Krummbein wird wahrscheinlich ihren Mittagsschlaf machen und aus dem Bett fallen, aber was soll's denn, immer muss man auf andere Rücksicht nehmen. Wenn wir nur einmal proben um zu gucken, ob wir zueinander passen, einmal ist keinmal und eine ganze Woche abzuwarten halte ich nicht aus.

3

Spontane Aktionen sind immer die besten, hat mein Vater mal gesagt.

Ich schiebe im Wohnzimmer ein paar Möbel hin und her, schleppe den Vogelkäfig ins Schlafzimmer, baue ein paar Sessel an der Wand zur Krummbein auf, damit sie den Schall etwas abdämpfen.

»Eierkästen sind auch gut«, sagt Britta. »Bei meinen Eltern im Keller hab ich die ganze Tür mit leeren Eierkästen beklebt, das hilft echt ein bisschen.«

»Ich glaub, meine Mutter wird nicht so begeistert sein, wenn ich ihre Monet-Poster gegen ein paar Pappschachteln ersetze«, sage ich nüchtern.

Die beiden lachen. »Warum, ist doch geniale Recycling-Kunst!«, fängt Saki an. »Es gibt sogar Leute, die in Häusern aus leeren Coladosen wohnen.«

Ich tippe mir an die Stirn. »Wollen wir nicht mal anfangen?«

»Von mir aus«, sagt Britta und wirft noch mal einen skeptischen Blick auf meine Hand.

Ja, es ist etwas hirnlos, mit einem angeknacksten Knochen spielen zu wollen, aber, meine Güte, wir jammen doch nur ein bisschen und der Daumen tut schon gar nicht mehr weh, ist fit wie ein Turnschuh, also was soll's.

»Es ist wirklich in Ordnung«, sage ich. »Ey, Leute, guckt nicht so, ich bin schließlich keine Zimtzicke.«

Saki zuckt mit den Schultern, doch Britta hat einen Geistesblitz: »Was haltet ihr davon, wenn wir uns *Die Zimtzicken* nennen?«

»Abgelehnt.«

»Wieso, hast du einen anderen Vorschlag?«

Ich öffne den Mund, da fährt Saki mir dazwischen: »Leo will, dass wir *Die Zottelviecher vom anderen Stern* heißen.«

»Das stimmt doch gar nicht. Ich hab *Yeti-Girls* gesagt. Das ist was anderes. *Du* hast ja noch gar nichts vorgeschlagen!«

»*Die Wildrosen* fände ich schön.«

»Du spinnst wohl, der Name trieft nur so vor Schleim, da können wir gleich zusammen mit Heino auftreten!«

Wir schnauben uns wütend an, bis Saki plötzlich in Lachen ausbricht. »Leute, wir haben noch nicht ein einziges Stück zusammen gespielt und kriegen uns schon wegen des Namens in die Haare!«

»Stimmt«, gibt Britta zu. »Guckt mal lieber, was ich für einen Rap-Text extra für uns gemacht habe. Ich hab ihn gestern Abend beim Fernsehen hingeschrieben, also, die Welle ist er noch nicht, aber –«

»Nur keine falsche Bescheidenheit!«, unterbreche ich sie und strecke die Hand aus. Super, dass Britta schon was zusammengebastelt hat. Sie ist einfach genial. Der Text ist so aufgebaut, dass jede von uns dreien eine Strophe Sprechgesang hat, und der Refrain besteht aus ein paar einfachen Riffs, alles easy, das kann ich auch mit einem halben Daumen.

»Also!«, sag ich und einen Moment gucken wir uns unsicher an, dann beginnt Britta mit dem Schlagzeug, lässt die Sticks schwingen, stoppt und fängt laut an zu rappen:

»Du, ich zapp jetzt schon seit Tagen
die Hitparaden hin und her.
Und ich muss dir ehrlich sagen,
'nen Hit zu finden fällt mir schwer.«

Ich will einsteigen, krieg aber nicht so schnell die Kurve, da höre ich Saki:

»Hey, ich glaub, mir geht's genauso,
ich weiß nicht einmal warum,
ich guck Viva ohne Pause,
doch die Stars, die find ich dumm.«

Jetzt ich, den blödsten Text hab ich erwischt, aber egal, ich intonier's eben ein bisschen prollig:

»Ganz genau das tu ich meinen,
diese Szene ist zum Weinen,
ich hab nicht mehr lange Lust,
sondern mittlerweile Frust.«

Wir sehen uns an: Süß ist das geworden. Jetzt sind alle zusammen dran.

»Come on!«, ruft Britta und wir fetzen los:

»Ich hab Bock, Bock, Bock
auf richtigen Rock,
ich will Pep, Pep, Pep

und 'nen geilen Rap,
ich hab Fun, Fun, Fun,
weil ich Musik machen kann.«

Britta:
»Da hab ich mir längst gedacht:
schnell was Eigenes gemacht!«
Und Saki:
»Wir sind cool, wir sind genial,
wir sind international!«
Und jetzt wieder ich, ausgerechnet das englische Stückchen:
»We are the pop stars of tomorrow,
we wipe away your fear and sorrow.«

»Mann, Klasse!«, ruft Britta und lässt vor Freude die Sticks durch die Luft wirbeln. Problemlos fängt sie sie wieder auf, sie ist echt geschickt damit. Typisch Drummerin, die müssen sich auf so viele Dinge gleichzeitig konzentrieren, müssen mit jeder Hand und jedem Fuß was anderes machen, das gibt eine klasse Körperbeherrschung.

»Nicht übel«, kommentiert Sakine.

Ich halte den Mund, weil meine Hand jetzt wieder so wehtut, als hätte ich sie soeben mit Godzilla geschüttelt.

»Hast du noch mehr davon auf Lager?«, fragt Saki und schon fangen die beiden an ein Spielrepertoire zusammenzustellen, Aktuelles und Altes, Softes und Hartes, wir legen wieder los, Saki singt superschrill, Britta trommelt wie der Teufel, nur ich schrammel ein bisschen schräg hinterher. Mann, o Mann, der Godzilla hatte ganz schön Kraft in der Pranke, wenn das so weitergeht, werde ich die Mathearbeit morgen auf keinen Fall mitschreiben können.

Wir sind gerade bei »Knocking' On Heaven's Door«, als Britta plötzlich innehält. »Wer quiekt denn da dauernd dazwischen?«

Ich lasse meine Gitarre sinken. Ob Piepsi, der Wellensittich, beim Mitsteppen von der Stange gekippt ist? Nein, es hört sich eher nach der Türklingel an. Oh, oh, das kann heiter werden!

»Bestimmt eure komische Nachbarin, Leo. Wie heißt die noch mal? Krakenbein, Krähenfuß oder so ähnlich?«

»Krummbein«, knurre ich.

Britta zieht zischend die Luft ein, Saki sagt nichts und irgendwie starren wir alle einen Augenblick stumm im umgebauten Wohnzimmer herum, als es wieder klingelt.

»Die unangenehmsten Leute haben auch immer die fiesesten Namen«, flüstert Britta. »Wir hatten mal einen Englischlehrer, der hieß Herr Kussmaul!«

»Nein?!«

»Doch, ich schwör's!«

Sie kichern wie verrückt, aber mir ist gar nicht nach Spaß zumute. Die Krummbein klingelt schon wieder. Die lässt nicht locker, wie ein Terrier ist sie, beißt sich irgendwo fest und knurrt, bis ihr die Luft ausgeht.

»Ich hab 'ne Idee. Bleibt ihr mal ruhig und kommt bloß nicht raus.«

Ich husche aus dem Wohnzimmer, schließe die Tür, ziehe Pullover, Jeans und Strümpfe aus, werfe mir den Bademantel meiner Mutter über, drehe im Bad Wasser an und wickle mir ein feuchtes Handtuch um den Kopf.

»Tag, Frau Krummbein. Was gibt's denn so Dringendes? Ich komme gerade aus der Dusche.«

Sie stiert mich an, als wäre ich eine Kellerassel, die sie nicht zertreten kann, weil ein Naturschützer hinter ihr steht.

»Dieser Krach muss aufhören!«, presst sie hervor und ich grinse frech.

»Wollen Sie mir verbieten am helllichten Tag zu duschen?« Sie ringt nach Worten und ich nutze die Pause, um ihr die Tür vor der Nase zuzumachen. »Tut mir Leid, Frau Krummbein, aber ich will mich nicht erkälten.«

Schnell schließe ich ab und tausche einen Blick mit Britta und Saki, die durch die Wohnzimmertür gucken.

»Cool war das.«

»Hast du gut gemacht.«

Ich nicke.

Ja, cool war's schon. Jetzt kann ich nur hoffen, dass meine Mutter heute lange auf der Feier bleibt.

4

Erste Stunde am Montagmorgen: Mathearbeit. Ich hab Galgenhumor, denn zum einen hat die Krummbein gestern Abend nicht mehr mit meiner Mutter gesprochen und die Gefahr scheint gebannt. Zweitens hab ich ja gestern fast zwei Stunden mit Saki gelernt und deshalb ein superreines Gewissen. Außerdem hab ich heute einen Langsamkeitsbonus wegen der Handverletzung. Wenn ich die letzte Aufgabe nicht mehr schaffe, krieg ich keine Punkte abgezogen. Drittens sitzt Steffen an dem nächsten Einzeltisch in meiner Nähe und hat mir schon zugegrinst. Steffen ist ein komischer Vogel. Mit dem Mainstream der Klasse hat er's nicht so, er steht mehr am Rande, wird von einigen verlacht und von anderen bewundert, weil er so unnahbar und cool ist wie ein Eisberg. Er tut immer so, als rühre ihn gar nichts an.

Na ja, ich jedenfalls kriege immer den Geschmack von Knallbrause auf der Zunge, wenn ich ihn sehe. Als Kind stand ich unheimlich auf diese rosa Tütenbrause, die man sich auf die Zungenspitze streut und die dort prasselt und prickelt, bis man glaubt, im Mund fände ein Feuerwerk statt und die Funkensternchen zersprängen hoch oben unter der Schädeldecke.

Jetzt guckt Steffen wieder rüber, während er an seinem Füller rumschraubt, als wolle er prüfen, ob auch alles startklar ist. Die spinnen, die Mathefreaks. Ich weiß nicht genau, ob Steffen wirklich ein Mathe- und Computerfreak ist, aber er gehört zu denen, die immer Computerzeitschriften unter der Nase haben und in Kunst ihren Bildschirmschoner abmalen. Ganz so langweilig scheint er aber nicht zu sein. Er hat lebendige Augen und ein schönes Lachen. Er gefällt mir eben.

Jetzt bekommen wir gerade die Aufgabenzettel und er beugt sich rüber und wünscht mir viel Glück. Wie süß, da kann ja gar nichts schief gehen.

Ich stürze mich in die Arbeit, die Hälfte der Aufgaben sieht schaffbar aus, und was ich nicht lösen kann, konnte ich eben nicht aufschreiben. So hat alles sein Gutes.

Dritte Stunde und es geht mir goldig. Die Mathearbeit lief gut. In diesem Jahr werde ich dank Sakis Hilfe keinen blauen Brief bekommen und dann denke ich dauernd daran, dass wir jetzt schon eine richtige Band sind, zwar noch keine mit Namen, aber egal. Jedem, der mich von nun an nach meinen Hobbys fragt, werde ich sagen können, dass ich in einer Rockband spiele. Das allein lässt mich schon um zehn Zentimeter wachsen.

Ich habe so eine richtige Glückssträhne im Moment: Steffen hat sich in der Pause lange mit mir unterhalten, Saki hat gute Laune, die Sonne scheint, es wird Frühling.

Plötzlich hab ich Lust, mein Glück herauszufordern.

Ich trenne vorsichtig eine Seite aus meinem Erdkundeheft und beginne einen Zettelbrief an Steffen zu schreiben. Zuerst fällt mir nicht viel ein. Ich bin einfach nicht so kreativ wie Britta. Doch dann bekomme ich tatsächlich ein paar passable Sätze zusammen, während die Gockel vorne von den Staudämmen in Sibirien erzählt. Erdkunde ist heute mal wieder wahnsinnig spannend, die Staudämme sind gigantisch hoch und der Wind weht sinnlos über irgendwelche menschenleere Steppen oder was weiß ich. Ich bin total hibbelig, rutsche auf meinem Stuhl in der zweiten Reihe rum, als säße ich mitten auf einer Ameisenstraße. Fünfmal falte ich den Brief. Fünfmal müsste reichen. Den werden Anne und Denise nicht öffnen. Anne und Denise sitzen neben Saki in der Reihe. Die sind ziemlich neugierig. Und da muss der Brief lang. So ein Mist, dass Handys in unserer Klasse nicht erlaubt sind! Eine SMS zu schicken wäre natürlich wesentlich einfacher. Aber andererseits auch nicht halb so aufregend.

Die Gockel hat jetzt das Thema gewechselt und vergleicht irgendeine technische Errungenschaft mit großen Öl-Pipelines. Ja, eine Pipeline müsste ich legen, sodass die Gockel meine Post nicht abfangen kann, eine Rohrpost, das wär's jetzt. Zöger nicht so lange, Leo, sonst ist der Mut gleich wieder weg! Wenn ich mal den Löwenmut hätte, den mein Name verspricht! Eins, zwei, drei, die Gockel dreht sich um, also schick ich die Geheimbotschaft schnell auf die Reise.

Station eins: Saki. Sie guckt irritiert, fragt leise: »An Steffen?«, und zieht die Stirn in Falten.

»Wieso nicht?!«, flüstere ich zurück.

Ich will nicht erst mit meiner Freundin diskutieren müssen, in wen ich mich verknalle und warum. Ich mache das ganz spontan aus dem Bauch heraus, weil's mir gerade gut geht. Saki zuckt die Achseln und reicht die Liebeserklärung an Anne weiter. Natürlich liest Anne, an wen der Brief ist. Ich sehe richtig, wie sie überlegt, ob sie ihn aufmachen soll, die Versuchung ist groß, aber da werfe ich ihr einen so drohenden Blick zu, dass sie ihn weitergibt. Denise macht keine Probleme. Sie ist gerade dabei, Franze für die nächste Stunde abzupinnen, und hat anderes zu tun, als sich um den Postverkehr der Klasse zu kümmern. Der Brief bleibt auf ihrem Heft liegen, unberührt.

Mist, diese Schluffe macht meinen ganzen Plan zunichte. »Kss, kss«, zische ich zu ihr rüber und zeige auf den Brief. Sie reagiert im Schneckentempo und nimmt den Zettel in die Hand. Von der Gockel fange ich mir schon einen giftigen Blick. Keine Sorge, Frau Gockel, ich bin ganz bei der Sache: Das Wasser aus den Staudämmen fließt in den Pipelines quer durch Sibirien und mitten im Nirgendwo stehen die Elche und können nicht über die Röhren springen, die ihnen den Weg in die Steppe versperren, und überhaupt ist das da keine schöne Gegend, weil schrecklich kalt und windig.

Denise beugt sich über die Lücke zwischen den Tischreihen zu Steffen hinüber, schrecklich langsam tut sie das. Wahrscheinlich hat sie die halbe Nacht Videos geguckt und befindet sich auch in der dritten Stunde noch im traumähnlichen Zustand.

»Ja, was haben wir denn da?!« Die Gockel greift nach Denises Arm, grabscht nach meinem Brief.

»Ey!«, rufe ich aus, aber es ist schon zu spät. Denises schlappe Finger geben sofort nach, sie versucht nicht mal meinen Besitz zu retten.

»Jetzt ist aber Schluss! Wie oft habe ich euch gesagt, dass ihr im Unterricht aufpassen sollt!«, keift die Gockel.

Ihre Hände sind schon dabei, meinen sorgsam gefalteten Zettel auseinander zu zerren, ich höre das Papier reißen. Mist, ich hätt's wissen müssen, die Gockel ist geladen. Seit Jens ihr letzte Woche Abführmittel in die Kaffeetasse gekippt hat, mag sie unsere Klasse nicht mehr besonders.

»Für Steffen Wolters. Aha. Da bin ich ja mal gespannt, was Steffen Wolters erfahren soll, das wir nicht wissen dürfen.«

»Das ist Briefgeheimnis!«, protestiere ich. Vergebens. Irgendjemand lacht und die Gockel hört mich gar nicht. Sie ist voll fuchsig. Ich will aufstehen und sie am Vorlesen hindern, aber Saki zieht mich auf meinen Stuhl zurück.

»Hallo Steffen«,

liest Frau Gockel laut der ganzen Klasse vor.

»Ich hab dir einfach schreiben müssen,
ich würd dich nämlich sehr gern treffen.
Ich find dich supernett,
ich möcht mit dir ins Kino.
Ich hoff, ich hab es nicht versiebt,
denn ich bin so in dich verliebt.«
Deine Leonie

Na, das ist aber schön!«, ruft Frau Gockel aus und mir schießt das Blut in die Wangen. Wie peinlich! Diese doofen Reime! Jetzt wissen's alle!

Eine Sekunde lang ist es in der Klasse noch totenstill, dann bricht das Gelächter los, in Wellen braust es über mich hinweg und spült mich unter. Der Einzige, der nicht lacht, ist Steffen. Der sieht genauso belämmert aus wie ich. Und Saki schweigt und die Gockel jetzt auch. Wie konnte sie mir das antun? Das ist unfair! Ich hab ihr doch nicht das Abführmittel in den Kaffee geschüttet!

Zu Hause erwartet mich gleich die nächste Überraschung. Meine Mutter muss doch mit der Krummbein gesprochen haben.

Mecker, mecker, motz, motz. Am Mittagstisch lasse ich das Geschimpfe über mich ergehen, zum einen Ohr rein, zum anderen raus. Ich werde mir nicht von hysterischen Weibern wie der Gockel und der Krummbein den Tag verderben lassen. Ich werde mich gleich mit Britta treffen und nach einem Proberaum suchen. Ich werde mich um meine Band kümmern, meine Karriere.

»Das war das allerletzte Mal, dass ich mich über deine Krachmusik aufgeregt habe, ist das klar? Unsere Nachbarn an der Nase herumführen! Wo soll das hinführen? Jetzt ist Schluss damit! Und nimm nicht immer so viel Salz, Leonie! Das ist ungesund, das hab ich dir schon tausendmal gesagt!«

»Ich mag es nun mal gerne salzig«, entgegne ich. »Am liebsten würde ich mir einen Salzleckstein ins Zimmer stellen.«

Sie rollt mit den Augen und ich stehe auf. Logo, wir sind beide genervt.

»Kann ich jetzt gehen?«, frage ich. »Ich bin verabredet.«

5

Britta wohnt in einem rot geklinkerten Reihenhaus im Neubaugebiet. Keine enge Mietwohnung mit schrecklichen Schwestern, wie ich sie ertragen muss. Sie ist Einzelkind und bekommt jeden Wunsch erfüllt, jede Menge Taschengeld und alles, was sie zum Schlagzeugspielen braucht; nur einen Proberaum, den können ihr die lieben Eltern auch nicht bieten.

Angeblich könnten die Nachbarn etwas hören. So ein Unsinn, sie wohnen doch hier fast allein mit ihren Gartenzwergen.

Ich warte in der Tür, während sie auf dem Boden kniet und versucht einen Knoten aus ihren Schnürbändern zu lösen.

»Bevor wir mit dem Umbau begonnen haben, konnte ich in der Abstellkammer zwischen Bar und Heizungskeller Schlagzeug spielen. Bald zieht aber mein Opa zu uns und nun brauchen meine Eltern den Raum zum Basteln.«

»Was basteln sie denn?«, frage ich erstaunt. Das letzte Mal, dass ich Klebestift und Schere in der Hand hatte, war im Kindergarten, und in meiner Familie käme kein Mensch darauf, in seiner Freizeit ausgerechnet zu basteln. Meine Mutter hasst alles, was mit Nadel und Faden zu tun hat, und mein Vater hat höchstens mal am Auto rumgebastelt, wenn der Vergaser kaputt war.

Britta nimmt jetzt die Zähne zu Hilfe, um den Knoten weich zu kriegen.

»M-meine M-mutter näht Püppchen«, mümmelt sie mit dem Schnürband im Mund. »Für die Couch, fürs Bett, fürs Fenster und so weiter. Mein Vater baut mit meinem Opa zusammen Weihnachtspyramiden im Erzgebirgsstil. Sie haben schon mehrere hundert gebastelt, willst du mal sehen?«

»Nee, danke. Ich war erst letztes Jahr in der Geisterbahn.«

Sie nimmt's mir nicht übel, sondern lacht, wirft den Schuh mit dem Knotenband weg und streift sich ein anderes Paar über.

»Alle Eltern haben Ticks«, meint sie und zuckt mit den Schultern. »Und deine? Was haben deine für Marotten?«

»Sie können sich nicht mehr leiden. Mein Vater ist schon lange ausgezogen.«

»Oh, tut mir Leid.« Britta steht auf.

»Och, halb so wild. Aber er hat 'ne neue Freundin und die mag ich nicht besonders. Außerdem kriegen sie bald ein gemeinsames Kind, na ja, nicht dass ich eifersüchtig wäre, aber ...«

»Ich kann mir das schon vorstellen«, sagt Britta. »Ich hab dir ja erzählt, dass ich mich mit meiner Freundin zerstritten habe. Sie hat eine andere Clique kennen gelernt, mit der ich nichts anfangen kann und die mich, glaube ich, auch nicht mag. Vor allem nicht die Lara, so heißt ihre neue Freundin. Ich war wahnsinnig eifersüchtig. Ich hab sogar ein Lied dazu gemacht. Willst du's hören?«

Ich nicke. »Gerne.«

»Warte!« Sie läuft in ihr Zimmer und kommt wenig später mit einem handbeschriebenen Zettel zurück. »Also:

Beim ersten Mal, da musst ich flennen,
Hals über Kopf nach Hause rennen,
beim ersten Mal, da musst ich schlucken,
wie konntest du mich so bespucken?
Beim ersten Mal hab ich gedacht,
es hätte nur mal so gekracht.
Ich weiß, du findest Lara besser,
sie hat Geld, Stoff und ein Messer,
ich bin nur ein Proll-Normalo,
viel zu soft, kein Stück brutalo.
Lara, ja, die imponiert,
weil sie nie ein Spiel verliert,
die gibt an jeden lauten Ton,
hatte Sex mit 13 schon,
hatte manche Prügelei,
war gut für jede Schweinerei.
Ich frag mich echt,
was findst an der,
läufst du ihr ständig hinterher?
Spielst ihr Hündchen, Speichellecker,
mir egal, ich schimpf und mecker,
nur, weil ich es nicht versteh,
du tust dir doch selber weh!

Ich bin nicht eifersüchtig,
kein winzig kleines Stück.
Du bist mir nicht mehr wichtig,
ich gönn dir ja dein Glück!

Du warst meine beste Freundin,
ich sag das nur, damit du's weißt.
Du warst der Mensch, dem ich vertraute,
ich sag's, auch wenn du heut drauf scheißt.

Am nächsten Tag sah ich schon klarer,
du standest jetzt bei Liz und Lara,
du tatst, als würdst du mich nicht sehn,
ich musst schon direkt vor dir stehn.
›Was ist?‹, hab ich gefragt.
›Sagst du jetzt nicht mal Guten Tag?‹
Du hast gekichert,
zickig dumm,
du hast gekichert,
ich blieb stumm,
du hast gekichert,
immer mehr, und Liz versichert,
dass sie deine Freundin wär.
Und Lara klatschte wieder mal,
mein Herz, das krachte ganz brutal.

Du hast dich dann auch umgesetzt.
Mann, wie hat mich das verletzt!
Hast alle zu dir eingeladen,
großes Fest von Laras Gnaden,
denn klar, sie war dein Ehrengast,
weißt du, echt, ich wäre fast
noch gekommen um zu kämpfen,
um zu streiten und zu fighten,
um dich von ihr wegzureißen,
unser Band noch mal zu schweißen.

Aber dann sah ich durchs Fenster,
erst denk ich, ich seh Gespenster:
Ihr habt ja massig viel getrunken,
Mann, wie bist du abgesunken.
Glaubst du echt, das macht dich stark?
Aber gut, ich schweig jetzt lieber,
sonst sagst du mir doch nur wieder,
es sei nichts los mit mir, nichts los!
Was erwartest du denn bloß?
War's nicht schön, so all die Zeit?
Spiele, Urlaub, Fröhlichkeit.
War's nicht gut, mir zu vertraun,
auf 'nen Menschen fest zu baun?

Du warst meine beste Freundin,
ich sag das nur, damit du's weißt.
Du warst der Mensch, dem ich vertraute,
ich sag's, auch wenn du heut drauf scheißt.

Ich bin nicht eifersüchtig,
ich will dich nicht zurück.
Ich bin dir nicht mehr wichtig,
kein winzig kleines Stück.«

Einen Moment steht mir der Mund offen, dann umarme ich sie. »Das ist Klasse«, sage ich. »Richtig schön traurig.«

»Findest du?« Sie lächelt tapfer und verkneift sich eine Träne. »Na, dann hat das Ganze ja vielleicht auch etwas Gutes gehabt. Vielleicht wird das mal unser erster Superhit.«

»Meinst du?«

Wir müssen beide kichern. Dabei ist doch theoretisch alles möglich, oder?

Dann dreht Britta sich um und ergreift einen Packen Zeitschriften, die auf einem schmalen Tischchen liegen. »Nimmst du die mal? Ich hab uns da schon was angestrichen.«

»Was willst du denn damit? Willst du die Kontaktanzeigen lesen und gucken, ob ein Typ für dich dabei ist?«

»Quatsch«, antwortet sie und schiebt mich aus der Tür. »Da sind jede Menge Anzeigen für Proberäume drin. Wusstest du das nicht?«

Ich schüttele den Kopf. Proberäume – klar, ist ja ganz logisch, so was brauchen wir, wenn wir groß rauskommen wollen. Wir schlendern zum Kinderspielplatz am Ende der Straße und setzen uns dort auf die Holzklötze in die Sonne.

»Hast du eigentlich einen Freund?«, fragt Britta.

»Äh, nein, aber einen Schwarm.«

Sie guckt mich neugierig an und ich seufze und erzähle ihr von der heutigen Blamage in der Schule. Was soll's, irgendwann würde sie's wahrscheinlich sowieso von Saki erfahren. Außerdem brennt es mir wirklich auf der Seele. Ich mag Steffen und hatte schon Freundschaft mit ihm geschlossen, daher hat es mir einen ziemlichen Stich gegeben, dass er sich in der Pause nach dem verunglückten Briefchen demonstrativ von mir weggedreht hat. Traurig schnippe ich ein paar Zigarettenkippen von den Sitzpflöcken in den Sandkasten. Der Sandkasten sieht echt einladend aus: Außenrum ist er voller Bierflaschenscherben und in die Mitte hat ein Hund sein Häufchen reingesetzt.

»Ich hatte auch erst einmal einen Freund. Das war aber im Urlaub und wir haben uns nachher nur noch einmal gesehen«, sagt Britta mitfühlend und wir schweigen einen Moment. Wenigstens war Britta schon mal mit einem Jungen zusammen. Gut, sie ist auch schon fünfzehn, also eineinhalb Jahr älter als ich, aber ich fühle mich manchmal wie ein Spätentwickler. Ich hab schrecklich viele Pickel, die bei den anderen längst wieder weg sind, ich bekomme immer noch nicht meine Periode, obwohl Saki ihre schon seit zwei Jahren kriegt, und ich hab auch irgendwie noch voll die Pausbacken, obwohl ich nur Magerkäse esse. Vielleicht sollte ich mal kontrollieren, ob mir nicht noch Milchzähne wachsen.

Ich seufze. Die Sache mit Steffen geht mir wirklich nahe. Ich weiß nicht genau, wie ich es erklären soll, aber er ist mir in letzter Zeit sehr wichtig geworden. Wenn ich in die Klasse kam, habe ich mit dem ersten Blick immer Steffen gesucht. In der Pause habe ich geguckt, ob ich ihn irgendwo sehe, seine Initialen habe ich in meinen Radiergummi geritzt.

Klar, das ist nichts Ungewöhnliches, aber das, was ich für Steffen empfinde, geht noch ein bisschen darüber hinaus. Wenn er erzählt, kann ich mich genau in ihn hineinversetzen, seine Stimme ist so schön, eine Stimme zum Einkuscheln und Träumen. Meine Gefühle für Steffen sind nicht oberflächlich. Wenn auch mein ganzes Leben oberflächlich ist und ich versuche, möglichst alles mit Witz, Ironie und Coolness zu nehmen: Die Gefühle für Steffen gehören nicht dazu.

Sonst hätte ich mich ja auch in einen der Mode- und Traumtypen unserer Klasse verlieben können. Marcel und Dennis zum Beispiel. Sie kommen jeden Tag topgestylt in die Schule, klopfen große Sprüche und nehmen ihr Skateboard wahrscheinlich auch mit ins Bett. Steffen steht nie im Mittelpunkt. Seit er sich zum Halbjahr eine Klasse hat runterversetzen lassen, ist er der Neue geworden und wird es wohl auch immer bleiben. Er ist nett, macht alles mit, spielt sich aber überhaupt nicht auf. Manchmal sehe ich ihn im Unterricht vor sich hin träumen, seine Finger klopfen dann geistesabwesend auf die Tischplatte oder sie kritzeln den Heftrand voll, malen Palmen – meistens Palmen. Ein Mensch, der Palmen zeichnet statt Graffitis und Raumschiffe, kann nur ein netter Mensch sein.

»Vielleicht bin ich ihm aber nicht hübsch genug …«, überlege ich laut und stehe auf. »Was meinst du, Britta, bin ich zu dick?«

»Ach, Quatsch, du bist doch wirklich superschlank.«

»Ich könnte aber vielleicht doch ein bisschen abnehmen. Hast du zum Abnehmen nicht auch schon mal ein Lied gemacht?«

Britta lacht. »Klar, pass auf. Es heißt: *Mein Feind, die Waage*. Ich kann's auswendig. Hör zu:

Sie wartet schon im Badezimmer,
hat kein Gesicht und grinst doch immer,
gehässig, grausam, gnadenlos,
hören will sie mein Gejammer bloß.
Es hilft kein Hoffen, hilft kein Flehn,
ich muss ihr doch ins Auge sehn:
64 – 66 – 69
hat sie noch nicht genug?

Das ist doch Betrug!
70 – 72 – 74
Vielleicht ist sie defekt?
Vielleicht bin ich verdreckt?
77 – 79 – 80
Nein, das glaub ich einfach nicht,
niemand hat so viel Gewicht!
83 – 85 – 88
Bitte nicht, nicht noch ein Gramm,
sonst fang ich zu schreien an!

Wer verdirbt mir stets den Spaß,
lässt mich fühlen wie ein Aas?
Wer ist niemals zu mir nett,
redet nur von zu viel Fett?
Wer macht, dass ich heul und klage?
Mein Feind: Die Waage!

Mein Freund wünscht sich 'nen Knackepo
und schlanke Beine sowieso.
Die Freundin rät mir zum Tattoo,
doch ich, ich nehme ständig zu.
Wie soll ich je 'nen Tanga tragen,
mich so an Pool und Strand hinwagen?
Ein Bild auf Schwabbelhaut – o nein!
Ich glaub, das muss einfach nicht sein!
Da nehm ich ab und ess nichts mehr
und werd ganz schlank und quäl mich sehr.
88 – 85 – 80
Erst ist's zu wenig, reicht es nicht,
doch hübscher wird schon mein Gesicht.

76 – 73 – 69
Nun verzicht ich brav aufs Süße,
und wenn ich doch mal nasch, dann büße
ich gleich an Ort und Stelle
und übergeb mich superschnelle.
66 – 63 – 59
Die Waage lenkt mein ganzes Leben,
ich bin ihr ganz und gar ergeben.
57 – 54 – 52
Zeigt sie wenig an: ist gut.
Doch sollte ich noch stärker sein
und Fitness machen obendrein.
51 – 50 – 49
Und kämpfen, schwitzen, das ist Klasse,
bald ist sie weg, die fette Masse!
48 – 47 – 46
Jetzt bin ich dünn, nur etwas schlapp,
»Zu dünn«, sagt Mom. Papperlapapp!

Wer verdirbt mir stets den Spaß,
lässt mich fühlen wie ein Aas?
Wer ist niemals zu mir nett,
redet von zu wenig Fett?
Wer macht, dass ich heul und klage?
Mein Feind: Die Waage!

›Du musst mehr essen, liebes Kind,
sonst geht's bergab mir dir geschwind.
Sonst wirst du krank und magersüchtig,
das finden wir für dich nicht richtig!‹
Es sagt mein Freund mir: ›Ganz genau!

Ich will was zum Begrabbeln haben
und nicht an Haut und Knochen nagen.
Ich steh auf Fraun mit Oberweite,
so eine sah ich nämlich heute,
die hatte Busen, Arsch und Beine!
Und du? – Das ist es, was ich meine!‹
52 – 68 – 60
Nun steh ich wieder auf der Waage:
Sie grinst gemein, wie alle Tage.
Nimm ab, nimm zu, nimm ab, nimm zu,
mit mir findst du keine Ruh.
66 – 82 – 59
Mal ist's zu wenig, mal zu viel,
es ist eben ein falsches Spiel.
Die Waage lenkt dein ganzes Leben,
du bist ihr nun einmal ergeben.
›Denkste!‹, ruf ich endlich aus.
›Ich werf die Waage einfach raus!‹«

»Britta, du bist einfach umwerfend!«, staune ich und lache. »Wie kommst du auf so was?«

»Na ja.« Sie hat vom Vortrag ein ganz rotes Gesicht bekommen und wird durch mein Lob noch röter. »Ich hab ja auch 'ne Waage zu Hause.«

»Ich dachte, die hättest du rausgeschmissen?«

»Nee, dann doch nicht …« Sie grinst und schnappt sich wieder eine der Zeitschriften. »Also los. Guck mal, Leo, hier ist schon die erste Anzeige: ›Proberaum gesucht? Direkt in der Innenstadt. Mit Klimaanlage, Teppichboden, WC, Gesangsanlage, Verstärkern …‹«

»Und kostet?«

Britta grinst. »Schlappe zwölf Euro. – In der Stunde.«

»Na toll, und du bist unser Sponsor?«

»Schön wär's. Nein, das war nur ein Scherz, es gibt auch andere Angebote. Zum Beispiel hier, das ist wirklich interessant: ›Achtung, Musiker. Musikproberäume zu vermieten. Telefon …‹«

»Was ist daran interessant, wenn kein Preis dabeisteht?«

»Ja, warte, ich hab da schon angerufen. Es ist in der Nähe. Wir könnten hinfahren und es uns angucken. Kostet 250 Euro im Monat.«

»Ui.«

»Leo, man kann sich die Räume mit mehreren Bands teilen. Stell dir mal vor, wir sind, sagen wir mal, vier Bands. Das ist ja wohl realistisch, wenn jede Gruppe ein- bis zweimal in der Woche üben will. Also vier mal circa vier oder fünf Leute sind circa 25, durch 250, sind für jeden circa zehn Euro im Monat.«

»Die Leuchte in Mathe bist du aber auch nicht?!«

»Wieso? Natürlich, das stimmt. Ich meine ja circa. Das können wir doch finanzieren, oder?«

Ich nicke. »Müsste gehen. Aber wir sind nur zu dritt.«

»Ja, jetzt, am Anfang«, sagt Britta und steht auf. »Es fängt doch alles erst an mit uns. Wir finden schon noch ein paar nette Leute, die zu uns passen. Wir werden richtig Spaß haben! Los, komm, lass uns mal hinfahren. Ich hab da jetzt Bock zu!«

»Na gut.« Ich folge ihr vom Spielplatz zur Bushaltestelle.

Der Himmel bezieht sich sowieso schon wieder, viel länger hätten wir hier draußen auch nicht sitzen können.

*

»Wo soll denn hier ein Bunker sein?«, frage ich Britta, als wir aus dem Bus steigen. Wir sind mitten in der Innenstadt, die angegebene Straße stimmt, es gibt ein paar Geschäfte und direkt vor uns eine große alte Kirche. »›Nummer 80‹, hat der mir am Telefon gesagt. Komisch, ›Nummer 80‹ müsste eigentlich die Kirche sein, aber das kann doch auch nicht stimmen.«

»Wir könnten ja mal jemanden fragen«, schlage ich vor. »Vielleicht sind wir auch in der falschen Straße?«

Wir blicken uns um. Viel Auswahl gibt es nicht. Eine alte Frau mit Krückstock kommt uns entgegen. Die hat bestimmt ein Hörgerät und hasst vielleicht alles, was mit Jugend und Musik zu tun hat. Zwei Kinder auf Fahrrädern sausen vorbei. Die sind noch so grün hinter den Ohren, die kennen nur ihre Bambi-Kassetten. Und am Seiteneingang der Kirche lehnen drei junge Männer mit Lederjacken und langen Haaren, trinken Dosenbier und schielen zu uns rüber. Die sehen ziemlich heavy aus, na ja.

»Fragen wir die Jungs dahinten?« Britta hat sie auch entdeckt.

»Ja, bitte. Geh doch hin und frag.«

»Wieso ich? Es war doch deine Idee, zu fragen.«

Wir zögern. Wenn wir noch lange warten, erübrigt sich die Frage von selbst, denn dann kommt garantiert einer von denen rüber, quatscht uns blöd an und fragt, ob wir ein Bier wollen.

»Los, wir gehen zusammen. Komm, die tun uns schon nichts.«

Gemeinsam trauen wir uns zu ihnen rüber, sie erwarten uns mit breitem Grinsen.

»Ey, Alter, guckt mal, wir kriegen Besuch!«

»Wir suchen die Musikproberäume, hier muss irgendwo ein Bunker sein, wo …«, beginnt Britta. Sie ist natürlich die Mutigere von uns beiden.

»Stehste vor, Schätzchen.«

Einer macht mit der Bierdose einen Wink auf die Kirchenmauer zu.

»Wie? Die Proberäume sind in der Kirche?«

»Das ist keine Kirche. Das ist ein alter Hochbunker. Viele Räume, viele dunkle Gänge und so. Dreckig, aber billig. Ihr könnt ja mal reingucken, die Tür ist offen, aber verlauft euch nicht!«

Wir werfen einen Blick zur angelehnten Tür hinüber. Dahinter ist es dunkel. Es stinkt ziemlich.

Jetzt reicht uns der Typ eine Bierdose rüber. »Wir sind die *Killerratten*. Oder auch *The Killing Rats*. Wir wohnen … äh, proben hier.«

»Wir sind –«, fange ich an und erinnere mich dann, dass wir ja noch gar keinen Bandnamen haben.

»Leonie und Britta«, ergänzt meine Freundin schnell.

»Habt ihr noch keinen Namen, oder was? Hömma, Gregor, was hältste davon, wenn wir denen ’nen Namen geben?«

»Die *Killerbienen*«, antwortet Gregor spontan.

»Hö? Wieso *Killerbienen?*«, mischt sich der Dritte ein.

»Kerl, Alter, bist du panne. Überleg doch mal. Die sind heiße Bienen. Wir sind *Killerratten*. Also: *Killerbienen*. Ist doch klar wie Kloßbrühe.«

»Jau. Voll korrekt, Alter.«

Die beiden klopfen Gregor vor Begeisterung auf die Schulter und Britta nutzt die Gelegenheit, schnell die Bierdose wegzustellen.

»Komm, wir gehen mal rein«, raunt sie mir zu und wir schieben uns durch die Tür.

Drinnen ist es kalt und feucht, die Luft ist dumpf und abgestanden. Ich fühl mich wie früher als Kind, als wir mit der Spielplatzclique auf Abenteuerexpedition gegangen sind. Wir sind ständig in alte Schuppen geklettert, durch Kellerfenster gestiegen oder haben auf Baustellen rumgetobt.

»Ey, Killerbienchen! Nicht so zaghaft! Macht euch doch Licht an!«

Einer der drei Typen drückt auf einen Schalter und der Kirchenbunker erstrahlt im schönsten Neonlicht.

»Danke!«, ruft Britta und wir hören die drei draußen lachen.

»Und jetzt?«, frage ich. Vom Eingangsraum biegen vier Gänge ab, sie sehen alle gleich aus.

»Wir gucken einfach mal.«

Britta ist schon in den ersten reingelaufen und ich folge ihr zögernd. Was ist, wenn gleich einer von den drei Spaßvögeln vorne das Licht löscht? Früher als Kind hatte ich wenigstens die Survival-Ausstattung bei mir: Taschenlampe, Taschenmesser, Kaugummis und so weiter. Jetzt hab ich nur ein Päckchen neuer Gitarrensaiten in der Tasche und die nutzen mir im Extremfall gar nichts.

»Über dreißig Bands können hier gleichzeitig proben, Leo. Aber man hört gar nichts. Oder hörst du was?« Britta kickt eine leere Bierdose ein paar Treppenstufen hinunter.

Wo die hinführten? Keine Ahnung. Die Dose scheppert eine Weile, dann ist es wieder totenstill.

»Nee«, mache ich kleinlaut. »Ich höre nichts.«

»Hm.« Sie dreht sich zu mir und flüstert mir mit gruselig verstellter Stimme ins Ohr:

»Es scheint der Mond heut voll und rund,
die Turmuhr schlägt zur Geisterstund'.
Gib Acht!
Kein Igel kraucht, kein Mäuslein fiept,
kein Kätzchen schleicht, kein Vogel piept.
Gib Acht!
Kein Windhauch weht, der Wald schweigt still,
als ob die Welt sich ducken will.
Vor wem? Dem Werwolf!
Hörst du ihn schon leise tapsen,
scharrend an der Türe kratzen?
Leuchten dort nicht Augen rot?
Wer biss unsre Katze tot?«

Britta klammert sich spielerisch an mich und ich muss kichern, sodass sie weiterflüstert und mich dabei gleichzeitig kitzelt.

»Wie von finstrer Macht geweckt,
das Biest sich schon im Schlafe reckt.
Lauf weg!
Es gähnt mit grauenhaft' Geheule,
aus seinem Maule stinkt die Fäule.
Lauf weg!
Seine Fingernägel wachsen,
seine Händen werden Tatzen!«

»Ist ja ekelig!«, unterbreche ich sie, aber sie fantasiert weiter.

»Kopfhaar wird zum Zottelfell,
Zähne bleckt er scharf und schnell!
Lauf weg!«

»Hast du kleine Geschwister? Die kannst du damit gut erschrecken?«, sage ich.

»Du hast selbst Schiss, Leo!«

»Blödsinn! Ich fühl mich hier nur nicht so wirklich wohl.«

»Schon setzt das Biest zum Sprunge an,
sein blut'ges Maul man sehen kann!«

»Lecker. Und das war's dann?«

»Nein, Leo, wir haben ein Zaubermittel:

Hol ganz schnell den Sack heraus
und schütte unsre Waffe aus!
Klitzekleine Quälegeister
sind im Ärgern wahre Meister!
Zu flink, zu klein um sie zu packen,
sitzen sie dem Biest im Nacken.
Flöhe kommen über dich,
zwicken dich ganz widerlich,
beißen fest durch deinen Pelz,
glaubst du, dass du das aushältst?«

»Au! Britta, spinnst du! Ich bin doch nicht dein Werwolf!«

»Seht ihr unser Biest da zucken,
scheuern, schubbeln, rucken, jucken?
Ha! Es wird sich selbst zerkratzen
mit den großen, starken Tatzen!«

»Na, warte, ich kann auch kitzeln!«, rufe ich und gehe zum Gegenangriff über.

»Krabbeln, kribbeln, krobeln, krubeln,
Flöhe beißen und wir jubeln.
Und der Werwolf flüchtet bald,
rast zurück in seinen Wald,
wo er schlapp und ohne Mut
sich zurückverwandeln tut.«

»Oh! Das war's?«, frage ich, nachdem wir genug gekäbbelt haben.

»Ja. War doch süß, oder? Außerdem hat's ein Happy End, das ist doch wichtig, damit du heute Nacht gut schlafen kannst!«

»Du bist unglaublich, Britta«, sage ich erschöpft. »Ich kann's nur immer wieder sagen: Ich hab noch nie jemanden getroffen, der so viele verrückte Ideen hat. Und du hast auf jeden Fall 'nen eigenen Stil. Jetzt schon, finde ich. Aber lass uns gehen. Mir reicht's und von deiner Flohgeschichte juckt's mich überall.«

»Das ist Einbildung, das hört wieder auf. Hab ich dich noch nicht genug aufgemuntert? Komm, ich würde mir gern wenigstens einen Proberaum von innen ansehen. Was meinst du? Wie findest du's denn hier überhaupt?«

»Ich? Ich sehe mich schon nächste Woche in der Zeitung, eine Riesenschlagzeile:

›*Killerbienen im Bunker-Labyrinth vermisst!*‹

Und dann der Text dazu:

›*Mysteriöses Verschwinden der talentiertesten Jugendband des Landes noch immer ungeklärt. Ließ der Fluch der Pharaonen die beiden Mädchen elendig verhungern? Wurden sie vielleicht von einem Werwolf angefallen? Was ist dran an dem Gerücht, dass ein geistesgestörter Mörder in dem Bunker sein Unwesen treibt und sich regelmäßig hübsche Mädchen als Opfer aussucht? Die Eltern weinen. Robbie Williams hat auf seinem letzten Konzert eine Schweigeminute eingelegt. Der Bürgermeister hat den Bunker besucht, RTL einen Film gedreht …*‹ Und so weiter.«

»Ich glaub, das ist hier nicht so dein Fall, Leo, oder?«

»Nicht wirklich.«

»Na gut. Dann gehen wir woanders hin. Ich hab ja noch die andere Adresse.«

Ich nicke und hoffe inständig, dass alles gut geht. Doch es ist halb so wild. Wir brauchen zwar etwa die dreifache Zeit um wieder herauszufinden, dafür sind unsere Rattenbrüder nicht mehr da und wir können diese Kathedrale der Weltmusik ungestört verlassen.

6

»Guten Morgen, Killerbiene«, begrüße ich Saki, als ich die Tür zur Mädchenumkleide aufreiße. Alle gucken mich an, als hätte ich nicht mehr alle Tassen im Schrank, aber das kratzt mich nicht, ich bin heute fröhlich. Als ich nämlich gerade an der Sporthalle ankam, mal wieder zu spät, weil ich den Bus verpasst habe und stattdessen notgedrungen zur Schule joggen musste, kam Steffen auch gerade um die Ecke. Er sah mich und wollte wegsehen, aber ich hab locker »Hallo, Steffen« gegrüßt und siehe da, er hat tatsächlich auch ein ganzes »Hallo« über die Lippen gebracht. Sogar mit Lächeln extra. Was will man mehr an so einem Apriltag wie heute, an dem ein Sonnenstrahl den nächsten Schauer jagt.

»Wieso Killerbiene?« Saki lacht und ich erzähle ihr alles, übertreibe ein bisschen hier und da und mache es so spannend wie möglich, während ich in meiner Schultasche nach dem Sportzeug krame und es neben mich auf die Bank schleudere. Saki lacht sich kringelig. Sie ist schon fertig umgezogen, überhaupt bin ich die Letzte, aber einige bleiben noch stehen und hören neugierig zu.

»Zu dem zweiten Proberaum sind wir allerdings nicht mehr gefahren. Irgendwie kamen wir bei einer Eisdiele vorbei, die sah so einladend aus …«

»Ja, ja.« Saki gibt mir meinen Turnschuh, der unter die

Bank gekollert ist, und diesmal bin ich diejenige, die Probleme mit den Knoten in den Bändern hat. Diese fiesen Biester verfangen sich aber auch immer, wenn man's eilig hat.

»Lass dir Zeit, Leo. Wir machen übrigens heute Jazztanz, hast du schon gehört?«

»Echt?« Ich freue mich. Heute ist wieder ein Glückstag für mich. Ich darf es nur nicht zu sehr herausfordern.

»Den anderen Proberaum wollen wir uns heute Nachmittag angucken. Britta und ich treffen uns um vier. Britta ist ja auf dem Gymmi und hat so lange Schule. Kannst du denn um vier?«

Saki nickt und ich hake mich bei ihr ein und stolziere mit ihr in die Sporthalle. Denise, Elke und Anne folgen uns tuschelnd. Tja, da staunt ihr, dass wir eine Band gegründet haben, was?

»Die *Killerbienen*. Echt schrill«, flüstert Saki und kichert vor sich hin. Ja, der Name ist gar nicht so schlecht. Sogar meine Mutter und Tatti fanden ihn gut. Meine Mutter hat sich über die Story mit Gregor und Konsorten total beömmelt, Tatti war superglücklich, weil sie endlich ihr Piercing hat, und Nicole hatte eine Flasche Sekt mitgebracht, um ihre bestandene Theorieprüfung für den Führerschein zu feiern. Bei mir hängt der Haussegen jedenfalls wieder gerade. Da das eine Problem schon mal gelöst ist, muss ich jetzt nur noch gucken, wie ich mit Steffen wieder klarkomme.

Ich würde ihm gern ein paar Küsse von der Killerbiene schicken und schiele hinter der Trennwand in den anderen Teil der Sporthalle rüber. Mädchen und Jungen machen bei uns getrennt Sport, was ich ziemlich doof finde, da kommt man sich vor wie im Mittelalter.

Aha, sie spielen Basketball. Steffen dribbelt sich gerade quer durch die Halle. Er sieht echt nicht schlecht aus, so mit dem Mannschaftsfähnchen als Stirnband um den Kopf gebunden. Wie ein Indianer. Seufz.

»Ey, Steffen, guck mal, deine Perle! Steffen, da ist Leo, willste nicht rübergehen und bei den Mädchen mitmachen?!«

Palme, dieser Asi. Palme heißt so, weil er eine Frisur hat, bei der die Haare wie Palmenblätter vom Kopf abstehen, eine Zeit lang sah das supercool aus, aber mittlerweile sind seine Haare hin, alle krank und gesplisst, die wird er sich ratzekahl abschneiden müssen, ätsch, das gönn ich ihm.

»Schnauze, Fury!«, brüllt Steffen und schleudert den Basketball mit Wucht auf Palme zu. Der kann ihn gerade noch abwehren und ich ziehe mich schnell hinter die Trennwand zurück. Vielleicht ist es doch besser, dass wir nicht mit den Jungs zusammen Sport haben.

Das Zechengelände liegt etwas außerhalb in einem Industriegebiet. Wir nehmen die Fahrräder und strampeln wie Gänse hintereinander her.

Diesmal ist es einfacher zu finden, zwischen einer Tanker-Spedition und einer Möbel-Lagerhalle liegt das Gelände.

»Hier muss es irgendwo sein.«

Britta steigt vom Rad und wir werfen einen Blick in die Runde. Schotterwege mit tiefen Pfützen, alte Backsteinbauten, parkende Autos, Brennnesseln. Die Tore zur Möbel-Lagerhalle sind offen, ein Gabelstaplerfahrer dreht seine Runden.

»Wer fragt heute?«

»Saki ist dran.«

»Ja, sicher frag ich, glaubt ihr etwa, ich hätte Hemmungen?«

Sie gibt mir den Lenker ihres Rades in die Hand und marschiert auf den Gabelstaplerfahrer zu. Ich sehe sie mit dem Mann gestikulieren und auf ein Gebäude zeigen, während sich die Arme des Gabelstaplers auf und ab bewegen, als wolle die Maschine damit die Worte des Mannes unterstreichen.

»Da drüben wahrscheinlich.« Britta zeigt auf ein lang gestrecktes Zechengebäude mit mehreren Eingängen. Tor 1, Tor 2, Tor 3 und so weiter steht in ausgeblichenen Buchstaben über den Eingängen und ich überlege, ob wir uns nicht *Die Girls von Tor 3* nennen sollen, als Saki zurückkommt.

»Leute, der Typ ist Klasse. Voll nett und hilfsbereit. Er heißt Udo und sagt, hier proben ganz viele Bands. Der Vermieter hat sein Büro da hinten in dem Wohnwagen und kommt dienstags immer so gegen fünf.«

»Da haben wir ja Glück.«

»Eben.«

Wir schließen die Räder aneinander und schlendern ein bisschen über das Gelände. Udo winkt uns vom Gabelstapler zu.

»Wie heißt ihr?«, brüllt er gegen den Wind zu uns herüber.

Wir sehen uns kurz an, grinsen und antworten alle drei: »Wir sind die *Killerbienen!*«

Er wedelt wild mit seinen eigenen Armen und mechanisch mit denen des Gabelstaplers. Wie ein mutiertes Insekt kommt er mir vor.

»Au, au, Killerbands hab ich hier schon jede Menge. Es gibt die *Overkill,* die *Killer-Angels,* die *Killer-Girls,* die *Killer-Zone-Boys,* die *Kill them all,* die …« Er greift sich mit der Hand an den Kopf. »Ich kann mir die ganzen Namen gar nicht alle merken!«

Wir nicken und winken ihm zu, Saki flüstert: »Wir sollten uns nicht so nennen.«

»Nein«, antwortet Britta. »Aber wie dann?«

»Uns wird schon was einfallen«, hoffe ich.

Im Wohnwagen ist es sehr eng, Herr Blankowitz weist uns einen Platz auf einer geblümten Klappbank zu und holt einen Vertrag aus der Tasche.

»Also, ihr mietet den Raum immer von Monat zu Monat. So könnt ihr jederzeit aussteigen, kein Problem. Das ist wie mit 'nem Zeitungsabo, wenn ihr nicht kündigt, verlängert es sich automatisch.«

Wir nicken. Ich hab einen heißen Kopf, hab das Gefühl, als würde mir jemand eine Waschmaschine aufschwatzen wollen. Mann, Leo, reg dich nicht auf, 250 Euro für einen Monat und ihr seid drei Bands, das ist nicht viel, das ist kein Vermögen.

»Ihr bekommt einen Schlüssel und könnt jederzeit üben. Natürlich in Absprache mit den beiden anderen Gruppen. Die heißen übrigens *Paranoid* und *2 hot 4 you.* Die Bandleader sind – Moment, ich schreib euch die Namen und Telefonnummern auf. Dann könnt ihr die Zeiten selbst einteilen.«

Wir nicken wieder. Das klappt doch alles ganz gut. Die Räume sind einfach, aber praktisch, die PA ist schon drin, der Vermieter scheint nett zu sein, unbrauchbar sind allein die Toiletten: Die kann man nur mit einem Seuchenanzug betreten.

»Wer ist bei euch der Bandleader?«

»Äh –«

»Na, irgendjemand muss den Vertrag ja schließlich unterschreiben und irgendjemand muss auch der Ansprechpartner sein.«

»Können wir das nicht alle drei?«, schlage ich vor.

Der Blankowitz schüttelt den Kopf. Wie mein Mathelehrer sieht er jetzt aus, gar nicht mehr so freundlich, eher etwas genervt und in Eile.

»Also, eine von euch beiden muss das machen«, sagt Saki. »Ich will nicht der Bandleader sein.«

»Warum nicht?«

»Ich will eben nicht.«

»Lass sie doch. Mach du es, Leo.«

»Ja, oder du, Britta.«

»Nein.«

»Doch.«

Blankowitz klopft mit dem Kugelschreiber auf die Tischplatte.

»Machen wir's alphabetisch. Es geht ja nur um die Raummiete. Also: Langenberg kommt vor Meier. Frau Langenberg, darf ich Sie dann bitten, mir hier eine Unterschrift zu geben.«

Britta sieht uns an und wir nicken. Vielleicht ist es ganz gut, dass Britta Bandleader ist. Ich wäre es zwar auch gern geworden, aber es ist vielleicht besser so.

Herr Blankowitz gibt ihr den Schlüssel und sie ihm ihre Adresse.

Zwei Minuten später stehen wir draußen im Nieselregen und sind stolze Mitmieterinnen des Proberaums Nummer 38.

»Wisst ihr was?«, schlägt Britta vor. »Wir fahren jetzt schnell zu dem Kiosk an der Straße rüber und kaufen was Gutes ein. Wir feiern unseren Schritt in die Musikerkarriere! Ich gebe einen aus – und ich habe einen Song für uns gemacht:

Wenn ich auf der Bühne steh,
wenn ich Freunde grinsen seh,
wenn andre Schüler dissen,
möcht ich mich ganz schnell verpissen.
Aber wenn ich bei euch bin,
warm gespielt und mittendrin,
zählt für mich nur das:
Hauptsache, wir haben Spaß!

Warum solln wir nicht
unsre Texte weitermachen?
Warum solln wir nicht
singen, tanzen, spielen, lachen?
Warum solln wir nicht
Spaß habn an verrückten Sachen?
Warum solln wir nicht?
Warum solln wir nicht?

Klar kann mancher besser singen,
klar tut vieles noch nicht klingen,

klar sind wir nicht Spitzenklasse,
aber eben auch nicht Masse!
Klar sind wir noch keine Stars,
morgen heißt's vielleicht: Das war's!
Vielleicht ist alles nur 'ne Laune,
aber Leute, echt, ich staune,
wie viel Fun wir trotzdem haben,
hey, wir freun uns wie die Raben!«

»Wie die Killerbienen, meinst du wohl?!«, ruft Sakine.
»Genau!«, antworte ich. »Es leben die Killerbienen!«

»Und wisst ihr nicht, ob irgendwann
wir kommen an den Big Deal ran,
und wisst ihr nicht, ob irgendwann
RTL ruft bei uns an.
Es gibt Interviews und Gigs,
Maxi-Singles, Super-Hits
und Britta prangt vorn auf der Bravo
und Saki trägt ihr Haar genau so,
wie es die Supermodels tun,
und Leo hat ne Villa nun!

Träumen ist erlaubt,
auch wenn dir das keiner glaubt.
Träumen ist erlaubt,
auch wenn man dich schräg anschaut.
Träumen ist erlaubt,
auch wenn man dir den Spaß versaut.
Träumen ist erlaubt!
Träumen ist erlaubt!«

»Yeah!«, rufen Sakine und ich und nehmen Britta in die Mitte. Die Girls von Tor 38 gehen auf Tour. Tor 38 in action. Tor 38, das sind Britta, Saki und ich!

Steffen

7

Ich liege auf dem Bett, die Arme hinter dem Kopf verschränkt, die gepolsterten Kopfhörer auf den Ohrmuscheln. Meine Nase berührt die abgekuschelte Schnauze meines alten Teddys, ganz rau und kratzig ist der Stoff und er duftet nach Waschpulver. Angenehm. Dabei wollte ich den Teddy schon ein paar Mal zu der Kiste mit den Legosteinen auf den Dachboden verbannen, habe es aber jedes Mal nicht übers Herz gebracht.

Gut so. Gut, dass ich ihn noch habe. Ich glaube nämlich nicht, dass man schneller erwachsen wird, wenn man seinen Teddy wegwirft. Und cool finde ich das auch nicht.

Ich döse, träume und wiege mich mit der Musik. Es ist folkloristische Trommelmusik aus Afrika. Meine Mitschüler würden einen Schreikrampf oder Lachanfall bekommen, wenn sie das hörten. Folklore, ist das nicht so was wie Oma-Schnulzen? Ist es nicht! Nicht diese alte Kassette mit den Gesängen und Trommelwirbeln der Ureinwohner von Afrika. Ich hab keine Ahnung, von welchem Stamm die Musik stammt, nicht einmal, aus welchem Landteil, das Einzige, das ich über diese Musikkassette weiß, ist, dass mein Großvater sie irgendwo in Zentralafrika aufgenommen hat oder besser gesagt, sich hat aufnehmen lassen. Mein Großvater hat viel erzählt und viel erfunden, das muss man schon so sehen. Doch mir war das immer gleichgültig, ich habe nie gefragt: Stimmt das auch?

Geschichten sind gut, wenn sie mir gefallen, nicht, wenn sie wahr sind.

Mein Großvater hat einmal längere Zeit in Afrika gelebt. Als er zurückkam, hatte er eine Wohnung voller geschnitzter Holzfiguren, Elefanten und Schamanen, bunter Decken und Kleider. Außerdem hatte er einen unerschöpflichen Vorrat an Geschichten, die er mir erzählte.

Meine Eltern haben ihn als Spinner und verstockten Alten bezeichnet, meine Oma als Betrüger, Übertreiber, Fremdgeher und was weiß ich noch alles. Es ist auch egal. Es ist schon ein paar Jahre her, dass er gestorben ist. Die wunderbaren Sachen sind nach und nach auf den Trödelmärkten verkauft worden. Aber ich habe ein paar Schätze gerettet, zum Beispiel diese Kassette.

Ich höre sie an Tagen wie heute, wenn es draußen ununterbrochen regnet und die Welt zu einem grauen Einheitsbrei verschwimmt. In unserer Mietwohnung wechseln sich dann die Geräusche von Staubsauger, Fernseher und Spülmaschine ab. Es ist alles so trostlos, leer, langweilig, nasskalt eben.

In solchen Momenten träume ich von Afrika. Ich blicke zu meinem Fenster hinüber und sehe den Betonklotz gegenüber nicht. Nicht einmal die Kakteen nehme ich wahr, nicht den Computer, den Schreibtisch aus hellem Kiefernholz und die Wand dahinter, die behängt ist mit meinen gesammelten Verkehrsschildern. Höchstens denke ich noch, dass ich mir statt der Kakteen Zimmerpalmen hätte schenken lassen sollen, aber das ist dann auch schon alles.

Ich träume vom Dschungel, der schwülen Wärme und den Zweigen und den Vogelstimmen. Im Urwald müssen wohl so viele Vögel singen, dass einem die Ohren davon vibrieren. Bunt müssen diese Vögel sein, Federfarben, die so hell und fröhlich und anregend sind, dass einem selbst davon Flügel wachsen. Ich bin dort. Ich laufe mit nackten Füßen über den warmen Erdboden. Pflanzen berühren mit feuchten Blättern meinen Körper, Affen schreien, Schlangen zischen und ich laufe und bin glücklich. Nichts kann mir in diesen Träumen etwas anhaben. Ich bin ein glücklicher Dschungelläufer, der einem Trommelgesang folgt, den er aus der Ferne wahrnimmt. Einem Takt, einer Melodie, die ich kenne.

Oh, schon zwanzig vor sechs. Ich springe vom Bett, leicht beduselt im Kopf. Jetzt aber flott. Wir haben gleich Bandprobe und ich träume hier von Afrika. Ich hab heute aber auch keine richtige Lust. Normalerweise habe ich immer Lust, Musik zu machen. Meine Mutter sagt, ich hätte schon als Kleinkind die Küchenschränke geöffnet und mit dem Holzlöffel auf die Töpfe geschlagen. Das glaube ich ihr zwar nicht ganz, aber wenn es ein Hobby gibt, das mir etwas bedeutet, ist es Schlagzeugspielen. Am Schlagzeug sitze ich noch lieber als am Computer, obwohl ich an dem auch gern stundenlang spiele. Vielleicht hat es mit meinen Afrika-Träumen zu tun. Opa muss mir das vererbt haben.

Daher ist es eine absolute Ausnahme, dass ich heute

wenig Lust habe, zur Probe zu gehen. Vor einem Jahr habe ich noch in drei Bands gespielt und war jeden Abend unterwegs. Jetzt bin ich nur noch in einer, aber die ist wirklich gut und ich bin stolz, dabei zu sein.

»Steffen! Wenn du gleich gehst, bringst du mir ein Päckchen Margarine mit? Ich hab sie heute Morgen vergessen!«

Meine Mutter! Natürlich. Dauernd vergisst sie irgendeine Kleinigkeit. Katzenfutter, Zahnpasta oder eben Margarine. Soll sie doch mit Butter kochen. Im Dschungel können die Leute nicht einfach einkaufen gehen, sie müssen sich mit dem begnügen, was sie haben. Welch stressfreies Leben! Ich dagegen bin in Eile, ich kann nicht wegen eines Päckchens Margarine zehn Stunden an der Supermarktkasse Schlange stehen. Was glaubt sie, was für ein Massenbetrieb um diese Zeit ist, reinster Margarinenschlussverkauf.

»Steffen, hast du gehört?«

Ich brumme etwas. Wenn ich keine richtige Antwort gebe, kann ich nachher sagen, ich hätte es nicht gehört. Soll sie doch meckern, mir egal, ich habe heute sowieso schlechte Laune. Habe mich mehr nach Afrika gewünscht als sonst. Das liegt an dieser blöden Tussi in meiner Klasse. Leonie-Marie Meier. Schon bei dem Namen kräuseln sich mir die Fußnägel hoch. Leonie-Marie Meier, das klingt wie großes M und kleine Eier. Mann, geht die Frau mir auf die Nerven. Sie nutzt wirklich jede Gelegenheit um mich zu blamieren. Seit sie sich in mich verguckt hat, bin ich der unfreiwillige Mittelpunkt der Klassenclique geworden. Leonie-Marie Meier schreibt mir idiotische Briefchen und lässt sich von der Gockel dabei auch noch packen. Es gibt Leute, die lassen sich immer erwischen. Ob sie spicken, zocken oder einen Sitz im Linienbus beschmieren. Sie fallen überall auf. Gut, ich würde vor lauter Aufregung wahrscheinlich auch auffallen, aber deshalb versuch ich's gar nicht erst und bleibe lieber im Hintergrund. Leonie-Marie Meier dagegen kreischt und quiekt und fuchtelt einem ständig mit ihren Händen vorm Gesicht herum. Sicher hab ich mich auch schon mal gut mit ihr unterhalten, aber seit neuestem glotzt sie mir ständig hinterher. Wahrscheinlich meint sie's nicht einmal böse. Sicherlich nicht. Ich will aber meine Ruhe haben und nicht Zielscheibe des Klassenspotts werden. Das müsste ihr doch klar sein!

Ich streife den Anorak über. Ab in den Keller, das Fahrrad raufholen. Mist, da ist mir ja gestern die Kette abgesprungen. Statt faul auf dem Bett herumzuträumen, hätte ich sie mal reparieren sollen. Hätte, hätte, jetzt steh ich da und der Bus ist weg.

Die anderen sind bestimmt schon im Proberaum. Heute ist die letzte Probe vor unserem Gig. Ja, wir haben einen Gig am Wochenende.

Nach fast einem Jahr harten Übens endlich unser erster Auftritt. Ich versuche mich locker zu geben wie die anderen, aber Tatsache ist, dass wir schon die Tage zählen und uns vor Lampenfieber die Haare ausraufen. Allen meinen Freunden habe ich Bescheid gesagt. Im Sportverein, im Jugendcafé, in der Stadt, im Supermarkt, überall habe ich unsere Flugblätter verteilt und Plakate aufgehängt. Fusel hat die Plakate entworfen. Sie kann genauso gut zeichnen, wie sie Bass spielen kann. Nur in der Schule muss ich noch Werbung machen. Morgen unbedingt. Der Punkt ist ja, dass ich schon gestern und vorgestern in der Schule die Plakate aufhängen wollte. Da kam mir nur diese dämliche Leonie-Marie Meier dazwischen.

Ich knalle die Tür hinter mir zu und eile die Straße hinunter. Es regnet, klar, an einem solchen Tag muss es regnen. In den Tropen würde es jetzt auch regnen. Doch die Tropfen würden warm und weich auf mich niederrieseln, Dschungelgefühl statt Grippeschock. Ich überspringe ein paar Pfützen. Meine neuen Turnschuhe sind nicht für schlechtes Wetter gemacht, sehen zwar superschräg aus, machen aber bei jedem Schritt nasse Füße. Ich hätte sie nicht nur deshalb kaufen sollen, weil alle sie haben und die Werbung so toll ist, aber egal. Jetzt ist keine Zeit mehr, mich umzuziehen. Ich renne los, laufe, bis mir die Lungen brennen. Heute Morgen in der Schule erst zwei Stunden Basketball und jetzt ein halber Marathon zum Zechengelände, ich denke, wenn das mit der Bandkarriere nicht klappt, werde ich einfach Olympiasieger. Ich stell mir vor, ich werde Olympiasieger und Leonie-M. M. ist Cheerleader und hängt mir die Medaille um. Ich grinse und schüttle über mich selbst den Kopf. L.-M. M. ist ein Gespenst, das mich bis in meine Träume verfolgt.

Pitschnass erreiche ich das Industriegelände. Lasse die Arme wedeln und hängen, als ich das Tor passiere, vorbei an der Spedition, am Möbellager. Geschafft.

Schluss jetzt mit den schlechten Gedanken. In der Band spielt keiner aus der Schule. Die ist hier nicht existent, das ist eine andere Welt.

Mein Ersatzafrika.

Ich atme tief durch, wische mir eine Schweißperle von der Stirn. Immerhin bin ich schon warm, nicht warm gespielt, aber warm gelaufen.

Schneller als mit dem Bus bin ich auch. Meine Band wird stolz und froh sein, dass ich so hergehechtet bin. Eine Band ohne Drummer ist ja auch wie ein Film ohne Ton oder so ähnlich. Die Grundlage fehlt einfach. Trommeln ist für mich die ursprünglichste Art überhaupt, Musik zu machen. Die Basis. Ohne Trommeln gibt's keine Sprache, keinen Rhythmus, keine Kommunikation. Das wussten schon die Urmenschen in den Bärenhöhlen. Sogar meine Eltern verstehen es und das will schon was heißen.

Ich biege auf den großen Platz vor der Halle ein. Der Lagerarbeiter grüßt überschwänglich und ich winke freundlich mit der Hand zurück. Udo ist sein Name und er ist voll in Ordnung. Nicht besonders helle, aber sympathisch. Wenn er Pause hat, kommt er zu uns rüber, setzt sich auf den Boden, hört zu und kaut seine Leberwurstschnitte im Takt der Musik.

Ich bin gerade bei Tor 7, als wieder ein furchtbarer Schauer niedergeht. Schnell flüchte ich unter das gegenüberliegende Vordach. Tor 38, unser Proberaum, ist am Ende der Welt. Ausgerechnet die beste Band muss das hinterletzte Räumchen bekommen. Kalt, zugig, eng und ständig das Gesabber von den Langhaarigen der *Killer-Family* nebenan. Die scheinen heute Abend auch da zu sein. Ich höre viele Stimmen aus dem offenen Proberaum schallen. Wir lassen meist die Tür auf um frische Luft zu bekommen. Nur einer in unserer Band ist kein Raucher: ich. Warum weiß ich auch nicht, es ist nicht, weil ich große Angst um meine Gesundheit hätte oder so, es schmeckt mir einfach nicht.

Ein Blick in den Himmel, gleich lässt der Schauer bestimmt nach, dann wetze ich rüber. Noch haben sie sowieso nicht mit dem Spielen angefangen, sondern quatschen und lachen laut mit der *Killer-Family.* Komisch, dass die beiden Gruppen sich auf einmal so viel zu sagen haben. Normalerweise ist die Stimmung etwas unterkühlt, weil vor einiger Zeit mal Boxen und Verstärker geklaut wurden und seitdem jeder jeden verdächtigt. Dazu kommt noch, dass wir einfach nicht auf einer Wellenlinie liegen.

Die *Killer-Family* ist so eine typische Plastikband. Den Begriff habe ich mir ausgedacht. Sie covern alles, was ihnen in die Finger fällt. Sie klauen sich ein Image zusammen, dancen ein bisschen ab und bringen ansonsten nur Kaugummiblasen zustande. Nein, ich mag sie nicht so besonders, diese ganzen Boy- und Girlgroups, die sich neuerdings hier auf dem Gelände tummeln. Sie sind wie die großen Retortenbands in den Charts, hohl, schön gestylt und mit einer Lalla, die sie sich per Keyboardknopfdruck zusammenstellen. Für mich sind sie bessere Models, Sexsymbole und Tanzformationen. Kaum einer von denen kann doch richtig Musik machen. Kaum einer probt doch wie wir, feilt an seiner Technik, seinem Ausdruck, ist kreativ. Für die ist Proben gleichbedeutend mit dem Besuch im Fitness-Studio oder auf der Beauty-Farm. Wir sind anders. Wir sind eine richtige Musikband, keine Hightech-Auflage à la Barbie-Girl und Techno-Boy. Wir sind gut, weil wir was können.

Mensch, mit wem quatschen die *Paranoid* denn da? Die *Killer-Family* scheint's doch nicht zu sein, die Stimmen klingen anders. Gut, dass der Regen schon etwas nachgelassen hat, noch eine halbe Minute, dann flitze ich rüber.

Seltsam, die eine Lache hört sich fast an wie die von L.-M. M. Ich fange langsam an zu spinnen. Bin bald paranoid, wie der Name unserer Band sagt. Was paranoid eigentlich genau heißt, weiß ich nicht. Ich wollte es immer schon mal im Lexikon nachsehen, weil es doch eigentlich wichtig ist, zu wissen, was das Wort bedeutet, nach dem man seine ganze Musik benennt. Ich finde es manchmal sogar unangenehm, englische Texte auf dem Sweatshirt stehen zu haben, die ich nicht übersetzen kann. Im Grunde genommen ist das ja Quatsch, was soll auf einem Pulli schon anderes draufstehen als »Made in Japan« oder Werbung. Trotzdem, es könnte auch etwas anderes draufstehen, oder? »Kauf mich« oder »Küss mich« oder Tritt mich« oder »Ich bin doof«.

Egal, paranoid bedeutet auf jeden Fall irgendwas psychopathisches. Fusel sagt, es sei so eine Mischung aus Verfolgungswahn, Putzfimmel und Mordgelüsten. Wohl ist mir nicht bei dem Gedanken, aber mittlerweile habe ich mich daran gewöhnt. Wir haben uns nämlich so genannt, weil der erste Song, den wir zusammen gespielt haben, *Paranoid* von Black Sabbath war.

Jetzt lässt der Regen einen Moment nach. Ich will gerade rübersausen, da erkenne ich sie.

Nein, erkennen ist nicht das richtige Wort. Ich sehe sie und denke: Nein, das ist sie nicht. Das kann sie nicht sein. Das soll sie nicht sein.

Ich reibe mir die Augen. Alkohol hab ich keinen getrunken und vor dem Bildschirm hab ich auch nicht lange gesessen. Trotzdem. Ich erschrecke mich tierisch.

Es ist LEONIE.

Paranoid, sag ich.

Ich kneife die Augen zu, reiße sie wieder auf.

Doch. Tatsache. Keine Frage.

L-E-O-N-I-E: **L**ieber **e**inmal **o**hne **N**erven **i**m **E**rnstfall.

Solche Schwachsinnssätze fallen mir immer ein, wenn ich mich aufrege. Wenn bei mir im Hirn was aussetzt, fange ich an die Wörter zu zerlegen. Wie Bausteine fallen die einzelnen Buchstaben auseinander. Abstrakt liegen sie dann vor mir und ich setze sie neu zusammen, baue sie um.

Das beruhigt mich ein bisschen. Wenn ich bei einem unangekündigten Vokabeltest zum Beispiel an einen unangekündigten Tsetlebakov denke, ist alles halb so wild. Ein rotes »Ungenügend« unter der Englischarbeit rette ich mir mit dem schönen Satz: »Und? Na gut, einmal nicht überzeugend, großer Erfolg naht demnächst.«

Aber beim Anblick von Leonie-M. M. verschlägt's mir glatt die Sprache.

Was will die denn hier? Die hat doch mit Musik gar nichts zu tun! Gut, sie zappelt im Sportunterricht ein bisschen disko-jazzig herum. Das machen aber alle Mädchen. Also, was will sie hier?

»Ja super!«, krakeelt sie gerade. »Wenn euer Drummer gleich kommt, können wir ja schon was von euch hören.«

»Aber klar, wir kriegen das mit der Raumeinteilung schon hin. Vielleicht spielen wir auch mal zusammen?«

Nachtigall, ich hör dir trapsen. Was läuft denn da?

Die spielt doch nicht etwa auch in einer Band?

Jetzt kommt sie mit Sakine und noch einer Tussi raus und ich duck mich schnell hinter einen Müllcontainer. Nicht so ein feines Plätzchen hier. Aber ich will auch nicht von der gesehen werden. Was für eine Katastrophe. Michel und Martin, meine Bandmitglieder, kommen auch raus, rauchen, pusten den Qualm in die Luft. Fusel, das ist Nummer vier in unserem Team, nimmt einen Schluck aus einer Colaflasche. Fusel ist wie gesagt auch ein Mädchen. Aber ein netteres als Leonie-M. M. Eines, das am liebsten Fusel trinkt und dazu steht.

Ich ducke mich noch tiefer runter. Die glotzen doch genau hier rüber.

Ob sie mich schon entdeckt haben?

Ob sie sich heimlich fragen, ob ich eine Schraube locker habe, mich hier einfach hinter die Mülltonne zu klemmen?

Muss wohl so sein. Hier stinkt's nämlich wie in der Pinkelecke auf dem Pausenhof. Mir wird übel. Wenn L.-M. M. meine Leute noch länger voll quatscht, krieg ich Nasenkrebs und verrecke jämmerlich in einem Müllhaufen. Was für ein Ende für einen Musiker wie mich. Shit! Was will die Zicke denn bei *Paranoid?*

Sie kann doch mit ihren beiden Freundinnen unmöglich den gleichen Proberaum gemietet haben wie wir. An solche Zufälle glaube ich nicht. Ich fange an auf meinen Fingernägeln herumzukauen. Das ist bei mir die zweite Panikstufe nach dem Worteumstellen. Alarmstufe drei wären Ohrenrauschen und Sehstörungen, aber das ist mir glücklicherweise nur ein einziges Mal passiert, als mich hier auf dem Gelände mal zwei betrunkene Typen angemacht haben. Sie wollten mir meine neue Jacke klauen und ich bin ihnen wie durch ein Wunder entkommen. Wenn hier abends alle anderen schon weg sind und man als Letzter den Proberaum abschließt, kann's hier ziemlich unheimlich werden.

Ich seufze und linse wieder zu dem Grüppchen hinüber. Es sind wirklich Leonie und Sakine aus meiner Klasse. Keine Augentäuschung. Es ist so.

Plötzlich kommt mir ein Gedanke: Das ist kein Zufall. Solche Zufälle gibt's nur in Büchern und Hollywoodfilmen. Das ist ein Plan um mich anzumachen. Natürlich. Hab ich nicht mal mit Sakine übers Musikmachen geredet? Oder war es Denise? Oder Anne? Ich muss mich bei jemandem verquatscht haben. Die Mädchen stecken ja sowieso alle unter einer Decke.

Wie sie lachen, wie sie reden. Sie wollen mal mit uns zusammen spielen. Sie sind unsere neuen Mitmieter. Sie sind zu dritt und suchen noch Anschluss.

Das darf nicht wahr sein!

»Wo Steffen nur bleibt?«, höre ich Michel fragen.

Nein, ich komme hier nicht raus. Ich hab keine Lust, Leonie-Marie Meiers Grinsen zu sehen. Es reicht, wenn sie mir in der Schule ständig nachläuft.

Außerdem: Wenn ich jetzt hier rauskomme, denkt doch jeder, ich hätte einen Schaden. Da setzt sich Steffen Wolters zehn Minuten hinter eine stinkende Mülltonne und schielt um die Ecke wie ein Spanner. Na, wie sieht das denn aus? Da wäre ich bei allen unten durch!

Nein, ich muss ausharren, abwarten, auch wenn es

jetzt wieder zu regnen anfängt und ich hier nicht besonders geschützt bin.

»Hilft alles nichts, Leute!«, höre ich Martins Stimme. »Wir müssen für unseren nächsten Gig proben.«

Was für ein Angeber! Die Mädchen sind natürlich hellauf begeistert, denken, wir wären die Profis oder so.

»Dann machen wir's eben ohne Steffen. Ich speichere uns einen Takt ein und übernehme seinen Part.«

Michel, unser Keyboard-König. Ich ärgere mich, obwohl es diesmal nicht einmal seine Schuld ist, dass er sich in den Vordergrund drängt, ich bin ja schließlich nicht da. Doch Michel muss sich ständig als Chef im Ring aufspielen. Nur weil er Bandleader ist, hat er damit nicht automatisch die Weisheit mit Löffeln gefressen. Ich beiße mir vor Wut in die Fingerkuppen, Wut auf Michel, Wut auf Leonie, Wut auf mich selbst, weil ich nicht einfach hervorkomme und mit einem witzigen Spruch die ganze Sache wieder in Ordnung bringe.

Ich höre meine Freunde murren und schimpfen.

»Spalter«, flucht Martin. »Ausgerechnet vor dem Gig lässt Steffen uns im Stich, das hätte ich nicht von ihm gedacht!«

Michel nickt und sogar Fusel stimmt ihm zu. Ob Leonie bei dem Namen Steffen weiß, wer gemeint ist? Wenn ich wenigstens wüsste, ob es ein Zufall ist oder nicht.

»Lasst uns reingehen«, brummt Fusel. »Wir haben schon zu viel Zeit verloren.«

Mist. Ich kann das nicht mal aufklären.

»Was, wegen der bist du nicht rübergekommen?«, würde Michel fassungslos fragen und die anderen würden doof gucken. Besonders Leonie. Für die wäre das ja echt daneben. Und die anderen würden denken, ich spinne. Egal, was ich jetzt tue, ob ich bleibe, rübergehe oder abhaue, meine Freunde werden sich über mich lustig machen. Mir bleibt nur eine Lösung: Vorsichtig den Rückzug antreten und später sagen, ich hätte Grippe gehabt. Das ist zwar auch blöd, denn bei einer Grippe hätte ich jemandem vorher Bescheid geben können, aber eine andere Chance sehe ich nicht. Also warte ich, bis sich das ganze Grüppchen in den Proberaum zurückgezogen hat, schleiche mich dann davon und renne das ganze Stück bis zur Straße. Den Bus habe ich wieder verpasst, natürlich. Diesen Tag werde ich mir im Kalender rot anstreichen: Vorsicht, Fettnäpfchen!

8

Zehn Minuten später stehe ich tropfend und triefend wie eine nasse Katze an der Supermarktkasse und trommle mit meinen Fingern auf die Margarinedose. Wenn alle Welt mich schon aufregt, soll wenigstens meine Mutter heute Abend noch zu ihrer Margarine kommen. Ich seufze.

In diesem Moment üben sie bestimmt mein Lieblingslied ein. *Drums in the Heat of the Jungle.* Ich habe es verfasst. In Englisch – eine Wahnsinnsleistung für einen Fremdsprachentrottel wie mich. Der Text ist nicht besonders reichhaltig, er handelt eben von Trommeln, die rufen, und von den Tieren auf den Bäumen und auf dem Boden, die im Takt der Trommeln mitschwingen. Von einem swingenden Liebespaar handelt er auch. Nicht dass ich persönlich mit Liebe schon was zu tun gehabt hätte. Bei mir ist sie noch nicht richtig vorbeigekommen. Oder vorbeigekommen vielleicht schon, aber nicht stehen geblieben. Egal. Trotzdem dachte ich, ein Liebespaar müsse in mein Lied schon rein, so eins wie Tarzan und Jane. Wenn die *Paranoid* das spielen, werden Leonie, Sakine und die andere wohl auf dem Fußboden sitzen und große Augen machen. Ein Gefühl von Stolz ergreift mich. Doch dann stelle ich mir vor, wie Michel meinen Part übernimmt, wie Martin so tut, als sei das Lied von allen komponiert worden, wie Fusel und die Mädchen meinen Text singen und niemand dabei mehr an mich denkt.

Nein, Steffen, das werden sie nicht, widerspricht meine innere Stimme. Denn ohne mich klingt das Lied nicht, ohne mich fehlt ihm das Herz. Auf einmal fällt mir etwas Tröstliches ein: Mit meinem Instrument bin ich Kraft, Rhythmus und Melodie gleichzeitig. Ich bin das schlagende Herz der Band. So ist es nämlich: Eine Band ohne Schlagzeuger ist wie ein organischer Körper ohne Herz.

Mir läuft ein wohlig-warmer Schauer über den Rücken. Mein Aussetzer heute Nachmittag war vielleicht gar nicht so schlimm. Sie können mir nicht lange böse sein, schon gar nicht, wenn ich eine gute Ausrede erfinde.

Wir werden unseren Gig haben und alles wird super sein.

Bei dem Gedanken krieg ich wieder ein Grummeln im Bauch. Diesmal schauert mir eine Gänsehaut über den Rücken. Diese dämliche Aufregung! Um mich abzulenken blicke ich mich um. Draußen schüttet es immer noch wie aus Eimern, es blitzt und donnert nun auch. Dunkel ist es geworden und der Supermarkt mit seinen hellen Leuchten wird zu einer trockenen Insel mitten im rauschenden Orkan. Leute flüchten herein und schütteln ihre nassen Schirme aus. Kunden, die schon eingekauft haben, bleiben unschlüssig vor den Türen stehen und können sich nicht entschließen nach Hause zu gehen. Für einen Moment ist es fast schön, fast gemütlich, und ich denke an meine Dschungelsehnsucht, die vielleicht eine Sehnsucht nach was ganz anderem ist: Wärme. Aber dann ist dieser Moment wieder vorbei, jemand schubst mich an, weil ich nicht nachgerückt bin, ich kriege einen Einkaufswagen in die Hacken, ein anderer greift an meinem Kopf vorbei nach einer Zigarettenschachtel. Mir ist wieder kalt. Es herrscht ein Sauwetter. Nichts ist in Ordnung. Wenn ich Pech habe, werde ich sogar noch wirklich krank und kann bei unserem ersten Auftritt nicht dabei sein. Das wäre der Absturz, das Schlimmste, was mir passieren könnte.

Ich habe die Kasse erreicht und nur noch ein Mädchen in meinem Alter steht vor mir. Sie trägt einen Walkman, aber hat den Rekorder wohl leise gestellt, denn sosehr ich mich auch anstrenge, ich kann nicht hören, was läuft. Wenn wir mit der S-Bahn irgendwohin fahren, hören Michel und Martin immer so laut Walkman, dass der ganze Wagen was davon hat. Das finde ich nervig, so kann ich meine eigene Musik kaum hören und die unterscheidet sich manchmal gewaltig von der meiner Freunde. Nicht dass ich nur meine Folklorekassette hören würde, Quatsch! Ich mag manchmal eben auch leise Sachen, während Michel nur ein Motto drauf hat: Hauptsache laut! In solchen Situationen drehen wir dann jeder unseren Walkman ein bisschen lauter, bis Fusel meistens als Erste die Krise kriegt. »Ey«, schimpft sie, »macht euch eure Ohren nicht kaputt, die brauchen wir noch bis zur ersten CD!« Die anderen Leute in der S-Bahn sagen nie was, obwohl sie unsere Musik bestimmt nicht hören wollen.

Jetzt fallen dem Mädchen vor mir ein paar Cent auf den Boden. Ich trete zurück, verziehe das Gesicht, helfe ihr dann aber doch beim Aufheben. »Danke«, sagt sie, sieht mich an und ich bekomme erst mal einen

Schrecken, denn sie trägt den gleichen Pulli, wie ihn Leonie-M. M. vorhin anhatte.

»Bitte«, stammle ich und sehe sie grinsen, während ich versuche mich wieder zu sammeln und zu bekrabbeln. Auf den zweiten Blick entdecke ich nämlich, dass es doch nicht der gleiche Pulli war, den Leonie trug. Er ist gerade mal in der Farbe ähnlich.

Hab ich jetzt eine Vollmeise, dass ich ständig an sie denken muss?

Zu Hause werfe ich mich sofort aufs Bett. CD-Spieler an und die Lichterkette mit den Leuchtkühen vor dem Fenster. Fusel hat mir die zu Weihnachten geschenkt. Aus Fusel und mir wäre beinahe mal was geworden, aber es hat dann nicht hingehauen, weil Jörg dazwischenkam. Jörg ist ihr Freund, drei Jahre älter, Abitur und fertig mit der Schule. Solche Typen haben's ja leicht. Die sind in der Lehre, haben Geld, den Führerschein und meist auch noch Eltern, die nichts dagegen haben, wenn die Freundin bei ihnen übernachtet oder so. Da könnte man schon neidisch werden. Manchmal holt Jörg Fusel mit dem Motorrad von den Proben ab und ich schaue zu, wie sie bei ihm aufsteigt und ihre langen Haare unten unterm Helm hervorwehen, als wollten sie nicht darin eingesperrt werden. Ich bin nicht eifersüchtig, nicht die Bohne. Fusel ist für mich nur ein Kumpel und das ist genau das, was ich will.

Ich drehe mich von einer Seite auf die andere, lasse das Comic-Heft auf den Boden fallen, mache die Augen zu. Gerade spiele ich in Gedanken meinen Part in unseren Liedern durch, als das Telefon klingelt.

»Steffen!«, ruft mein Vater einen Augenblick später und das schlechte Gewissen ist schlagartig da. Ich hätte meinem Vater vorher sagen müssen, er solle erzählen, dass ich krank sei und im Bett läge. Dann müsste ich gar nicht ans Telefon kommen. Doch als ich nach Hause kam, guckte mein Vater gerade Fernsehen und ich wollte ihn nicht stören. Oder sagen wir so: Ich war vielleicht auch einfach zu faul, ihm alles umständlich zu erklären. So wirklich guckt mein Vater nämlich nie Fernsehen, er zappt nach der Arbeit nur eine Viertelstunde alle Kanäle rauf und runter, sagt dann: »Was für ein Blödsinn!«, und schaltet wieder ab. Das bedeutet aber, dass er gefragt hätte, warum er das sagen soll. Meine Eltern machen nie etwas einfach nur, weil ich es gern möchte. Sie wollen immer genau wissen, warum und weshalb und blablabla.

»Es ist Michel«, sagt mein Vater und hält mir den Hörer hin. Michel. So ein Mist. Fusel hätte ich vielleicht noch etwas erklären können, aber Michel …

»Hallo?«, flüstere ich und krächze ein bisschen.

»Na, du treulose Tomate! Du Spalter, du Loser!«, schallt es mir entgegen und ich hüstele leise.

»Tut mir Leid, ich bin krank.«

Am anderen Ende wird einen Moment geschwiegen.

»Erkältung«, füge ich hinzu und versuche durch die Nase zu sprechen. »Ich dachte, es wäre besser, mich zwei Tage zu schonen, bevor ich noch beim Gig schlappmache.«

»Schlappi, musst du wieder rumschwächeln!«, tönt Michel los und jetzt höre ich Fusels Stimme im Hintergrund: »Du hättest ja mal anrufen können!«

»Ja, tut mir Leid, dass ich nicht angerufen habe. Ich war so k. o., ich hab geschlafen, sorry.« Und dann lenke ich schnell ab: »Wie war denn die Generalprobe?« Mittleres Husten. »Können wir sie vielleicht morgen noch mal wiederholen?« Keuchen. »Ist alles gut gelaufen?« Starkes Husten und dazu ein bisschen Japsen. »Vielleicht können wir uns noch mal treffen, ich ...« Ich huste mir einen Ast ab und – ein Wunder – es wirkt so gut, dass meine Mutter schon um die Ecke guckt und mein Vater mir ein Taschentuch hinhält. Auch meine Freunde sind überzeugt.

»Wir melden uns morgen noch mal bei dir, Steffen. Gute Besserung!«

»Danke!«, bringe ich mit letzter Kraft hervor und lege den Hörer auf. Meine Eltern gucken, als sei ich in Lebensgefahr, aber ich grinse nur.

»Alles in Ordnung, mir geht's prima. Äh, wann gibt's was zu essen?«

Am nächsten Morgen komme ich in die Schule, einen Packen Plakate und Flugblätter unter dem Arm, und was sehe ich? – Ein Ankündigungszettel von uns hängt schon an der Klassenpinnwand. Direkt neben Michael Jackson in Lebensgröße klebt unser kleines Veranstaltungsplakat. Ich schlucke und lasse mich neben meinem Rucksack auf meinen Platz fallen.

»Wer hat das denn aufgehängt?«, frage ich Oliver, der neben mir sitzt.

»Die da«, antwortet er und zeigt auf Sakine. Oliver benutzt grundsätzlich keine Namen, für ihn heißt jeder Mensch nur »Ey« und diese Anredeform wird in der dritten Person automatisch zu »der« oder »die«.

Ich atme tief durch. Leonie und Sakine wissen also von unserem Gig am Samstag.

Na und?, rede ich mir ein. Ich kann jetzt auch nichts mehr dran ändern. Im Grunde genommen hätte ich mich gestern auch gar nicht so anstellen dürfen. Ich übertreibe wohl etwas. Leonie-M. M. tut mir ja so nichts. Wenn sie da drüben neben Saki sitzt und sie die Köpfe zusammenstecken, sieht sie gar nicht so übel aus. Also, was will ich denn? Wenn sich die fette Sonja in mich verguckt hätte, wäre das vielleicht noch was anderes, aber Leonie ist nicht mal hässlich, nur so verdammt aufdringlich!

»Ey«, stößt mich Oliver an. »Ey, ist das nicht deine Band? *Paranoid* – da spielst du doch mit, oder?«

»Ja, wieso?«

»Voll geil!« Er klopft mir auf die Schulter. »Jetzt macht deine Ische auch schon Werbung für dich! Super!«

Ich rolle die Augen. Das meine ich eben. Diese ständige Lästerei von den anderen. Man darf nie mal traurig sein oder vor sich hin träumen. Da bekommt man sofort einen Spruch reingewürgt. Meine Mitschüler sind nämlich nicht gerade mitfühlende Menschen, die man mögen müsste. Von Anfang an wollte ich nicht in diese Klasse. Sie ist in der ganzen Schule berüchtigt. Als sie im letzten Herbst auf Klassenfahrt waren, muss die Jugendherberge nachher wie ein Schlachtfeld ausgesehen haben. Unsere Physiklehrerin rennt regelmäßig heulend aus dem Unterricht und schließt hinter sich die Tür ab. Eigentlich darf sie das nicht, eine ganze Gesamtschulklasse einfach einschließen, was ist, wenn's mal brennt? Doch verstehen kann ich sie manchmal. Einige Typen von uns würde ich am liebsten auch den ganzen Tag einsperren.

»Ey, willst du 'n Kaugummi?«

Oliver hält mir einen vor die Nase und ich nicke.

»Wo spielt ihr eigentlich? Kantstraße, wo ist 'n das?«

»Bei der Friedensgrundschule. Dahinter ist ein großes Schrebergartengelände.«

Oliver nickt und kritzelt sich etwas auf seinen Heftrand.

»Na, mal gucken. Was spielt ihr denn so?«

Ich will die Stilrichtung definieren und hole aus, aber er winkt ab.

»Ist eigentlich auch egal. Hauptsache, es ist laut und es gibt genug zu trinken. Gibt's doch, oder?«

Ich nicke stumm und lasse mich leicht frustriert in den Unterricht treiben. Leonie starrt einmal rüber, doch als ich ihr eine Grimasse schneide, lässt sie's schnell sein. Ich will meine Ruhe haben, nehme meinen Bleistift aus dem Etui und lasse in meinem Deutschheft einen Urwald wachsen mit Papageien, Schlingpflanzen und Hütten, vor denen die Menschen trommeln und ums Feuer tanzen. Dann lasse ich den Stift wieder fallen und denke an den Gig im Schrebergarten. Mir ist nicht ganz klar, was mich wohl erwarten wird.

Am Freitag schieben wir noch eine Sonderprobe ein. Diesmal lässt sich alles besser an. Die Sonne scheint, die Luft riecht nach Frühling und wie auf Kommando fangen auf einmal die Bäume bei uns im Vorgarten an zu blühen. Ich kann mir vorstellen, dass es den meisten Menschen egal ist, ob die Blätter, die auf die Straße segeln, nun weich und weiß-rosa oder spröde und gelbbraun sind, sie nehmen so gesehen keinen Einfluss auf das Leben an sich, aber mich stimmen sie fröhlich.

Ich bin gut gelaunt, als ich am Proberaum ankomme. Udo grüßt wie immer, Michel und Martin sind schon da, ihre Räder lehnen an der Mauer. Ich steige ab und schließe mein Fahrradschloss zu. Wenn Leonie jetzt auftaucht, ist mir das schnurzpiepegal. In den letzten Tagen hat sie glücklicherweise ihre dämliche Guckerei etwas eingeschränkt, und selbst wenn sie noch mal verstohlen rüberschielt, hat die Klasse doch keinen Spaß mehr daran, mich mit ihr aufzuziehen. Seit Sascha vorgestern zweimal innerhalb einer Stunde mit dem Stuhl umgekippt ist, haben sie ein neues Opfer und um mich kümmert sich keiner mehr.

Ich stecke meinen Schlüssel ein und sehe Fusel kommen. Ihr Freund heizt mit dem Motorrad heran, bremst scharf neben mir, schiebt sich den Helm hoch und grinst: »Na, Steffen, alles fit für euren Gig?«

Ich nicke. »Ich will's hoffen.«

Fusel steigt ab und fragt, ob es mir wieder besser geht. »Ja, ja«, weiche ich aus und hüstele ein bisschen. Ich hab schon ganz vergessen, dass ich ja offiziell krank war. Gut, dass Jörg gleich auf mich einredet und sie daher nicht weiterfragen kann.

»Ich hab schon Werbung gemacht. Von meiner Clique kommen auch ein paar. Wir werden den Schrebergarten schon richtig aufmischen, was?!«

Ich nicke wieder, diesmal schon etwas weniger überzeugt. Das Wort Schrebergarten höre ich nicht so gerne. Ist doch klar, mein erster echter Gig – den hätte ich lieber auf ’nem Rockfestival oder zumindest im Jugendtreff gehabt und nicht auf der Schrebergartenfrühlingsfeier. Martins Eltern haben uns den Auftritt besorgt. Sie sind Vorsitzende vom Schrebergartenverein, und wenn sie sagen, wo wir spielten sei egal, Hauptsache, wir bekämen mal etwas Bühnenpraxis und irgendjemand würde uns zuhören, haben sie Recht. Aber trotzdem ist der Schrebergarten nicht gerade der Gipfel meiner Träume.

»Wenn ihr richtig gut seid, können meine Freunde euch auch was anderes besorgen«, erzählt Jörg, als wir den Proberaum betreten. Auf den ersten Blick sehe ich, die Mädchen sind auch da. Wie die Hühner auf der Stange sitzen sie auf unserem ausrangierten Sofa und schäkern mit Michel, während Martin schon dabei ist, seine Gitarre zu stimmen. Ich begegne Leonies Blick und genieße ihre Überraschung so sehr, dass ich kaum mitbekomme, was Jörg erzählt. Jetzt guckt L.-M. M. sich nämlich wirklich die Augen aus, blass wird sie, dann rot, beides gleichzeitig, ihr Gesicht ist gescheckt wie das Fell einer bunten Kuh und ihr Mund klappt auf wie der eines Fisches, es fehlt nur noch, dass sie gleich *Blubb-blubb* macht.

Ich grinse. Es hat zwei ganze Tage gedauert, mich auf diesen Moment vorzubereiten, und es hat sich gelohnt. Ich grinse noch breiter, als Martin sein Jammen unterbricht und mich ganz offiziell als den »genialen Drummer von *Paranoid*« vorstellt.

Sakine findet als Erste ihre Stimme wieder, da habe ich aber schon allen mit einem kurzen »Hallo« die Hand gegeben und mich hinter mein Schlagzeug verzogen.

»Mensch, Steffen, wenn wir gewusst hätten, dass du hier mitspielst, toll …«, sagt sie und ich denke: Ja, was wäre dann gewesen? Aber sie führt den Satz nicht weiter, denn Britta, das ist die Dritte, fragt: »Wie? Ihr kennt euch?«

»Wir gehen in die gleiche Klasse«, sage ich und zucke mit den Schultern, das Thema ist damit beendet, ich nehme meine Sticks und lockere ein bisschen meine Handgelenke. Sofort fühl ich mich noch besser. Ich spiele und spiele, während Leonie noch immer kein Wort gesagt hat und sich die anderen weiter um jeweils ihre Vorbereitung kümmern: Jörg öffnet sich eine Bierflasche mit den Zähnen, weil der Öffner mal wieder verschütt gegangen ist. Fusel flucht, weil ihr eine Saite gerissen ist und das kürzere Stück noch in der Gitarre steckt. Udo kommt rein und packt eine Stulle aus, Martin kämpft mit einem Wackelkontakt im Verstärker und nur Michel hockt weiterhin bei den Mädels und quatscht auf Leonie ein, die aber noch immer nicht richtig aufgetaut ist.

»Was macht ihr eigentlich?«, frage ich und lege die Sticks beiseite. Die Neugier ist einfach zu groß.

»Wir sind auch eine Band«, erzählt Britta. »Wir haben den Proberaum mit euch zusammen gemietet. Wir spielen immer vor euch, also von drei bis fünf.«

»Und was spielt ihr so?«

Leonies Gesichtsfarbe hat sich jetzt für knalliges Rot entschieden, von der Nasenspitze bis zum Ohrläppchen leuchtet L.-M. M. wie eine genmanipulierte Turbotomate.

»Wir haben gestern ein Lied über Michel und Martin

gemacht«, antwortet diese Britta ohne Scheu und Saki grinst.

»Über mich?«, ruft Michel aus. Das ist typisch für ihn, die Mädchen haben Michel *und* Martin gesagt, aber er denkt nur an sich.

»Über dich hauptsächlich«, fügt Sakine hinzu. »Uns ist gestern die Idee gekommen, als ihr euch mit Udo Mut für euren Gig angetrunken habt.«

»Ha, jetzt kommt's raus!«, frohlockt Fusel. »Hab ich's dir nicht gesagt, Jörgi, die haben genauso Bammel wie ich, Mut ansaufen – das sieht euch ähnlich!«

»Udo hat uns verführt!«, verteidigt sich Martin.

»Genau, Udo war's!«, ruft Michel und eine Weile reden alle durcheinander, nur ich bleibe stumm und die L.-M. M. sowieso. Da waren Michel und Martin also gestern hier, haben mit den Mädchen rumgeflirtet und sich einen hinter die Binde gekippt. Toll, und warum haben sie mich nicht angerufen? Ja, gut, ich war offiziell krank, aber trotzdem hätten sie sich melden können.

»Lasst uns doch mal das Lied hören!«, ruft jetzt Jörg. Er hat Udo auch schon eine Flasche aufgebissen und sitzt mit ihm vor dem Eingang. Die Sonne scheint herein und glitzert in Fusels blonden Haarsträhnen.

»Genau! Jetzt sind wir neugierig!« Fusel kuschelt sich an ihren Jörg und ich blicke schnell weg. L.-M. M. hat sich etwas gefangen und trinkt einen Schluck aus einer Wasserflasche.

»Es ist kein richtiger Song, es ist nur ein Jux«, höre ich jetzt zum ersten Mal ihre Stimme. Das Wasser scheint sie etwas abgekühlt zu haben, ihre Gesichtsfarbe wird langsam wieder normal.

»Na los, ziert euch nicht so!« Michel zwickt sie in die Seite und sie lacht ein bisschen.

»Sollen wir?«, fragt Saki.

Die drei sehen sich an und stehen dann auf. Ganz schön mutig, immerhin.

»Also, es ist wie gesagt nur ein Joke. Ihr kennt doch so Lieder wie ›Zehn kleine Jägermeister‹ und so was …« Leonie grinst, Udo und Jörg nicken eifrig und prosten sich zu.

»Äh …«

»Jetzt spielt schon! Lieber falsch und laut als richtig und ruhig! Müsst ihr immer dran denken! Das ist hier das Motto vom ganzen Gelände!« Das ist Udo, wie er leibt und lebt und uns Mut macht.

»Also gut. Ihr kennt doch bestimmt das Kinderlied von der kleinen Wanze.« Britta kichert: »Das geht so, wenn ihr euch mal erinnert: ›Auf der Mauer, auf der Lauer sitzt 'ne kleine Wanze, seht euch mal die Wanze an, wie die Wanze tanzen kann, auf der Mauer, auf der Lauer sitzt 'ne kleine Wanze.‹ Dann wird immer ein Buchstabe weggelassen: ›Auf der Mauer auf der Lauer sitzt 'ne kleine Wanz, ne kleine Wan, 'ne kleine Wa‹ und so weiter. Das baut sich auf und ab.«

Michel und ich tauschen einen Blick. Was sind denn das für welche?

»Wollt ihr mich etwa mit 'ner Wanze vergleichen?«

Alle lachen.

»Wart's ab! Können wir?«

Sie stellen sich in Position. Aha: L.-M. M. spielt Gitarre, Saki stellt sich hinters Keyboard und Britta geht ans Schlagzeug.

»Die Musik ist so 'n bisschen, äh, improvisiert, also,

das Kinderlied auf Hardcore, wenn ihr versteht, was ich meine?«

»Red nicht so viel, fangt endlich an!«

Ich halte den Atem an. Die Sonnenstrahlen leuchten jetzt auf Leonies Gesicht, Fusel ist in den Schatten gerückt. Michel verzieht in höchster Konzentration die Stirn, klebt an den Mündern der Mädchen, als erwarte er, dass sie eine Hymne auf ihn singen.

Und dann singen sie, alle drei, teils laut und lachend, teils verschämt und verlegen:

»Auf der Mauer, auf der Lauer
sitzt ein kleiner Michel.
Seht euch mal den Michel an,
wie der Michel picheln kann,
auf der Mauer auf der Lauer
sitzt ein kleiner Michel.

Auf der Mauer, auf der Lauer
säuft ein kleiner Michel.
Hört euch mal den Michel an,
wie der Michel rülpsen kann,
auf der Mauer, auf der Lauer
säuft ein kleiner Michel.

Auf der Mauer, auf der Lauer
tanzt ein kleiner Michel.
Seht euch mal den Michel an,
wie der Michel wanken kann,
auf der Mauer, auf der Lauer
wankt ein kleiner Michel.

Mit dem Kopf über der Mauer
hängt ein kleiner Michel.
Seht euch mal den Michel an,
wie der Michel göbeln kann,
mit dem Kopf über der Mauer
kotzt ein kleiner Michel.

Mit dem ganzen Suff im Kopf
fällt ein kleiner Michel,
seht euch mal den Michel an,
wie der in der Gosse pennen kann,
in der Gosse, in der Kotze
liegt ein kleiner Michel.

In der Nacht auf dunkler Straße
liegt ein kleiner Michel.
Seht euch mal den Martin an,
was der dem Michel rauben kann,
in der Nacht auf dunkler Straße
klaut ein kleiner Martin.

An dem Kiosk um die Ecke
steht ein kleiner Martin.
Seht euch mal den Martin an,
wie viel Schnaps der plötzlich kaufen kann,
an dem Kiosk um die Ecke
säuft ein kleiner Martin.«

Danach ist es still. Keiner sagt etwas.

Jörg findet als Erster die Sprache wieder: »Rattenscharf. Da kann man was draus machen. Ich wollte es vorhin schon sagen, aber mir hat ja keiner zugehört: Nächste Woche ist in Köln so 'ne Art Open-Air-Jam für Nachwuchsbands. Das geht da zwar etwas heftiger zu, ich meine, so vom Publikum her, aber was soll's, mehr als von der Bühne prügeln können sie euch nicht. Da wollte ich euch vorhin schon sagen, dass ihr da mal alle hinfahren könnt.«

»Klar, wir nehmen euch mit, Mädels, und passen auf euch auf.« Michel legt den Arm um Leonie und sie lächelt ein bisschen. »Bis dahin müsst ihr euch nur einen besseren Namen einfallen lassen oder wollt ihr wirklich als die *Killerbienen* in die Musikgeschichte eingehen?«

9

Ich hatte mir die Bühne viel größer vorgestellt. Kiloweise Kabel haben Martin und ich hergeschleppt, die schweren Verstärker ins Auto seines Vaters gewuchtet und uns abgerackert wie Ackergäule. Da kommen wir um fünf im Schrebergarten an und die »Bühne« ist gerade mal so ein improvisiertes Podest, total eingequetscht zwischen Bierstand, Toilettenwagen und Bratwurstgrill. Der Bratwurstqualm zieht in solchen Schwaden über die Bühne, dass man denken könnte, wir besäßen sogar eine Nebelmaschine. Während wir aufbauen, tollen Horden von frechen Blagen um uns rum, die wissen wollen, ob wir berühmt sind, ob wir Autogrammkarten verteilen und ob wir die Spice Girls persönlich kennen. Ich bin schon nach dem Aufbau ziemlich genervt und brauche erst mal eine Cola mit Schuss, als die Killerbienen heranschwirren und Michel umsummen, ob sie sich für ihren ersten Gig mal dies oder jenes ausleihen könnten. Michel ist wie gesagt unser Bandleader, aber das heißt nicht automatisch, dass er sich an den Aufbauarbeiten gar nicht beteiligen muss, sondern in aller Ruhe mit den Bienchen um die Wette surren darf. Gut, dass Fusels Freund dabei ist, auf Jörg ist in der Hinsicht mehr Verlass als auf unseren Vorzeigechamp. Jörg kümmert sich um die Technik, das macht wenigstens Sinn.

Vielleicht bin ich auch nur so brummig, weil ich so aufgeregt bin. Fusel ist noch schlechter dran, sie zittert und bibbert und rennt dauernd zur Toilette. Martin sieht auch nicht viel besser aus: Er hat die eine Zigarette noch nicht aufgeraucht, da zündet er sich schon die nächste an.

Nach einer Weile, wir sind gerade mit den Grundaufbauten fertig, kommt Michel angetrabt und verkündet fröhlich: »Ja, hier ist ja jetzt alles schon fast fertig. Wenn ihr dann so weit seid, kommt doch zur Hopsburg rüber, ich sitz da mit den Mädchen.«

»Toll, du kannst auch mal was machen!«

»Wieso? Ich hab schon mitgeholfen. Außerdem mache ich gleich die Ansage. Darauf muss ich mich in Ruhe vorbereiten.«

Ich sehe Michel nach, wie er mit den Mädchen zu einer Hüpfburg für Kinder rüberschlendert, einen Arm hat er freundschaftlich um Leonie gelegt. Freundschaftlich?

Ach, ist mir doch wurscht. Ist vielleicht gar nicht schlecht, wenn er sich an L.-M. M. ranmacht. Dann guckt sie mir wenigstens nicht mehr hinterher. Ich nehme noch einen Schluck Cola und setze mich hinters Schlagzeug. Der Platz füllt sich allmählich, die Kinder werden weniger, dafür kommen Erwachsene, die sich sofort um den Bierstand scharen. Jemand dreht deutsche Schlagermusik an, schrecklich kitschiges Zeug, und als ich sehe, wie die Leute am Bierstand rumschunkeln, wird mir schlecht. Ich glaube, ich verstehe so langsam, was Martins Vater meinte, als er uns sagte, wir sollten nicht nur eigene Sachen spielen, sondern möglichst viel Zeug, das jeder kennt. Jetzt zum Beispiel schallt *Ein Bett im Kornfeld* über den Platz und der Bratwurstverkäufer fängt mit der Waffeltante an zu tanzen. Ich atme tief durch. Na, das kann heiter werden. Hoffentlich kommen ein paar Leute aus der Schule oder überhaupt ein paar Jugendliche, sonst sieht es mit unserem Publikum ziemlich trostlos aus.

»Junger Mann, möchten Sie auch ein Würstchen?«

Martins Mutter steht vor mir und hält mir einen Pappteller mit Bratwurst und Toastbrot hin. »Nehmen Sie mal zur Stärkung, Sie können's sicher brauchen.«

Ja, das glaube ich auch. Ich bedanke mich und schlendere mit dem Würstchen zum Rand der Bühne hinüber. Michel sitzt mit Leonie an der Hüpfburg und kaut ebenfalls an einem Würstchen, die anderen sind alle verschwunden. Es sind auch schon jede Menge Leute da und man verliert leicht den Überblick. So viele Zuhörer nur für uns – egal, wie deren Geschmack ist, das ist unsere Chance. Sie haben uns eingeladen und wir werden das schon gut über die Bühne bringen, versuche ich mir Mut zu machen. Es klappt nur mäßig, denn als nun der Superhit *Ich war noch niemals auf Hawaii* aus den Lautsprechern tönt und Martins Mutter mir einen Wink mit der Hand gibt, als wolle sie sagen: »Wenn ihr das im Programm habt, kann gar nichts schief gehen«, packen mich die Zweifel wieder fester. Wie empfinden die anderen das denn?

Ich entdecke Martin. Er quatscht ganz vertraut mit dem Bratwurstverkäufer.

»Es wird klappen!«, sage ich laut vor mich hin und blicke um mich abzulenken noch einmal zur Hüpfburg hinüber. Michel hält Leonie gerade sein Bratwürstchen hin, damit sie abbeißen kann.

Sehr freundschaftlich.

Ich blicke auf meinen Pappteller. Ich mag eigentlich gar keine Würstchen.

Leonie

10

Gleich geht's los. Michel lässt sich von der Hüpfburg gleiten und schlurft zu seinen Freunden hinüber. Sie sind zusammen *Paranoid* und sie werden gleich ihren ersten Gig haben, den Auftritt, von dem ich kaum zu träumen wage. Aus dem Augenwinkel sehe ich, wie Saki und Britta sich schon ein gutes Plätzchen organisieren. Ich selbst kann noch nicht da rübergehen. Die Nähe zu Steffen macht mich doch ziemlich unsicher. Er hat zwar nichts gesagt, aber gerade deshalb ist mir alles furchtbar peinlich. Alle wissen ja irgendwie Bescheid, Britta, Saki – und wer weiß, ob er seinen Freunden nicht auch gesagt hat, dass ich was von ihm will.

Wenn ja, scheint sie das aber nicht zu stören. Jedenfalls Michel nicht. Ich glaube, der will was von mir. Wenigstens einer, der mich mag. Ich seufze und lasse mich ebenfalls von der Hüpfburg gleiten. Die Kindersozifrau hat sowieso schon ein Zeichen gegeben, dass das Ding wieder abgebaut werden soll, Ende April ist auch noch keine ideale Zeit für Feste im Freien.

Ganz langsam gehe ich zu meinen Freundinnen. Steffen guckt in unsere Richtung, aber diesmal sehe ich weg. Ich bin ja nicht blöd, ich hab längst geschnallt, dass er mich nicht leiden kann. Na und, es war einen Versuch wert, ich kann ja nicht jedem gefallen. »Na und!«, sage ich laut und trete gegen eine leere Getränkedose auf dem Boden. Ich werde bestimmt keine Annäherungsversuche mehr machen, denn die Freundschaft zu dieser Band ist für uns wichtig. Britta sagt, wir könnten tierisch viel von denen abgucken, lernen und so. Ich mache mit, obwohl ich ganz schön leide: diese dumme Situation mit Steffen! Hätte ich nur diesen Brief nicht geschrieben! Aber es ist Frühling und ich hab nun mal lauter Grillen im Bauch, die zirpen und fliegen wollen. Wie wenn man einen ganzen Schwarm Grillen verschluckt hat, ist dieses Gefühl. Sie machen Radau im Bauch und lassen sich nicht einfach wieder abtöten. Mist!

Ich stelle mich zu Saki und Britta und Saki hakt sich bei mir ein.

»Ich bin gespannt, wie das wird!«, raunt sie mir zu.

»Ich auch«, antworte ich und seufze.

Die ganze Panikmache war umsonst: Es geht viel schneller vorbei, als wir gedacht haben, und ganz gut wird es auch. Ich finde, die vier spielen ausgezeichnet, haben nur manchmal kleine Aufregungsaussetzer, die aber kaum jemand bemerkt. Problematisch ist nur, dass das Publikum wohl mit etwas anderer Musik gerechnet hat. Als es gleich ziemlich heavy losgeht, gucken die meisten Leute etwas verstört. Einige, die nah an den Boxen stehen, halten sich die Ohren zu. Was haben die denn erwartet?

Glücklicherweise sind auch eine Menge junger Leute da, die Stimmung machen und grölen und pfeifen, wenn ein Lied zu Ende ist. Sogar einige aus meiner Klasse sind dabei. Und als *Paranoid* ein paar gängige Oldies covern, bekommen sogar die schlimmsten Schrebergärtner Spaß und der Abend ist gerettet. Die Schrebies merken nicht, dass die Songs alle neu abgemischt sind, vielleicht ist ihnen das auch egal. Hauptsache, sie können mitsingen. Zuletzt spielen sie Brittas und mein Lieblingslied, dieses, das nur aus Beats und Kicks zu bestehen scheint, *Dschungelfieber* heißt es oder so ähnlich, und ich lasse mich vom Rhythmus so anstecken und mitreißen, dass ich, als wir danach in den Mini-Backstage-Bereich stürmen, noch ganz benommen bin und Michel, der als Erster da ist, um den Hals falle.

»Hey, Leo«, brüllt er. »Waren wir gut? Sag's mir, waren wir gut?!«

»Ja!«, antworte ich und lasse mich von ihm im Kreis drehen, während ich einen Blick von Steffen erhasche.

»Sehr gut«, sage ich auch zu ihm. »Ich fand's Klasse, besonders das letzte Stück, das hat reingehauen!«

Er wird rot, aber ich achte nicht darauf, nicht in diesem Moment. Jetzt bin ich euphorisch und tanze mit Michel auf der Bühne herum, während Steffen sich von Saki eine Cola geben lässt, dran nuckelt und im Hintergrund verschwindet, denn plötzlich sind Michel und ich runter von der Bühne und am Bierstand inmitten von Leuten, die uns etwas ausgeben wollen.

»Zwei Bier! Eins für mich und eins für meine Freundin! Frau Krasovic, darf ich Ihnen Leo vorstellen, sie ist auch eine talentierte Musikerin. Leo, das ist Martins Mutter!«

»Hallo«, sage ich schüchtern, bin aber gleichzeitig stolz wie Oskar, dass Michel mich als Musikerin bezeichnet. So gehöre ich nämlich dazu, und dadurch, dass Michel seinen Arm um mich gelegt hat, gehöre ich noch mehr dazu. Ich bin schon so richtig mittendrin, als die anderen kommen und sich zu uns stellen. Michel ist heute Abend in Fahrt, er trinkt ein Bier nach dem anderen und unterhält den halben Bierstand, indem er laut irgendwelche witzigen Storys erzählt.

»Zuerst hab ich in der Kirche Musik gemacht. Glaubst du nicht, Leo, was? Doch, ehrlich, meine Eltern waren voll religiös, das heißt, *sie* sind's immer noch.« Er trinkt einen Schluck Bier und wartet darauf, dass die anderen sich ausgelacht haben. »Also, ich war in der Jugendmusikgruppe der katholischen Kirche und das war auch alles irgendwie nett, aber –« Achselzucken, Grinsen. »Ich hatte irgendwie das Gefühl, ich passe dort nicht rein. Die Leute waren mir einfach zu soft, zu altklug, zu –« Er verzieht das Gesicht. »Wabbelig. Wisst ihr, was ich meine? Über jeden Mist musstest du da diskutieren. Das war nicht mein Ding.«

Britta und Saki grinsen mir zu und ich beömmele mich auch und hab nichts dagegen, dass er die Härchen in meinem Nacken krault, während er weiterredet.

»Ja, und dann hab ich hier den Martin kennen gelernt. Weißt du noch, wie wir bei meinem Vater in der Garage geübt haben? Ich sag euch, das war da vielleicht kalt im Winter, da ist das Bier in den Dosen zu Eis gefroren, echt.«

Er zwinkert mir zu, stößt mit den anderen an, trinkt und lacht und ist ganz rot im Gesicht geworden. Ich glaube, Michel ist genauso ein Mensch wie mein Vater. Mein Vater kann auch andere Leute stundenlang unterhalten, indem er einen blöden Witz nach dem anderen erzählt. Wenn meine Eltern früher Besuch hatten, fielen meinem Vater oft so viele Witze nacheinander ein, dass er noch weitergelacht hat, wenn der Besuch längst weg war und meine Mutter schon im Bett lag und schlafen wollte.

Steffen dagegen kriegt den Mund überhaupt nicht auf. Ich kann mir nicht vorstellen, dass er vor einer so großen Runde den Faxenclown machen würde wie Michel. Das ist zwar eigentlich auch das, was ich an Steffen mag, aber mit einem wie Michel zusammen zu sein ist auch cool. Steffen steht nur da rum und zerlegt seinen Bierdeckel in einzelne Pappfetzen. Kaut auf seiner Unterlippe herum. Wirft mir scheele Blicke zu, die ich nicht deuten kann. Ich werde es in puncto Steffen mit der Igel-Taktik angehen: Stichst du mich nicht – steche ich dich auch nicht. Also, Abstand halten.

Außerdem ist es gut, dass er sieht, dass ich nicht auf ihn angewiesen bin, dass sich auch andere Jungs für mich interessieren, sogar solche, die vier, fünf Jahre älter sind, so wie Michel. Jetzt kann er mal sehen, dass ich keine graue Maus bin, die keiner lieb hat. Ach, wie blöd und wie gut gleichzeitig, es sticht mich, wenn ich zu Steffen rübergucke. Ich würde ihm am liebsten um den Hals fallen, aber ich weiß ja, dass er mich nicht will, und so soll er wenigstens, allerwenigstens, sehen, dass ich tausend andere Chancen habe.

Michel redet immer noch in einer Tour. Die Leute sind ganz hin und weg von ihm, er könnte genauso gut auf einer Kabarettbühne auftreten.

»Aber das Schärfste war mein Vortrag im Altenheim! Also …« Er prustet und schlägt sich auf die Schenkel. »Nach 'm Abi wollte ich erst mal ein bisschen Geld verdienen. So schnell kann man ja von der Musik allein nicht leben, logisch. Deshalb hab ich manchmal so Vorträge im Altenheim gehalten. Die schreib ich natürlich nicht selbst, sondern ich bekomme Infoblätter über irgend so 'n Thema wie zum Beispiel Ozonloch oder Organspende. Die stelle ich mir dann zusammen und lese sie den Ömmakes nach der Messe vor. Bringt immerhin zwanzig Euro pro Auftritt. Also, ich hab das Thema Organspende und warte und warte und wundere mich, warum keiner kommt. Hm, denk ich, komisch, normalerweise sind die Rentner doch immer eifrig dabei, hab ich mich denn in der Zeit vertan? Daraufhin sehe ich mir das Ankündigungsplakat noch mal genauer an und da steht …«

Er gluckst vor Lachen, ist so knallrot, dass ich glaube, er platzt gleich.

»Also da steht: ›10 Uhr heilige Messe. Anschließend: Organspende.‹«

Ich brauche einen Moment, bis ich kapiere.

»Da dachten die, sie würden …«

»Ja, sicher!« Er hat mittlerweile den ganzen Stand in seinen Bann gezogen, sie lachen und prosten ihm zu.

Auch Steffen lacht, vorsichtig und verlegen zwar, aber das ist jetzt ein für allemal sein Problem. Wenn er so schüchtern und verklemmt ist, kann ich es auch nicht ändern. Hier mit Michel im Mittelpunkt zu stehen ist großartig. Michel ist ein echter Sechser im Lotto und ich werde mich von ihm nach Hause bringen lassen, so!

Steffen

11

Leo. **L**ieber **e**ine **O**hrfeige.

Ich werde jetzt nach Hause gehen. Die dämlichen Geschichten, die Michel zum Besten gibt, habe ich schon hunderttausendmal gehört. Michel hat ein bestimmtes Repertoire an Jux-Storys, das spult er bei Feten immer in der gleichen Reihenfolge ab. Erst kommen die Musikgeschichten, dann die Erlebnisse mit seinen verschiedenen Exfreundinnen und zum Schluss, wenn er richtig betrunken ist, hält ihn nichts mehr davon ab, die versauten Sachen rauszuposaunen. Das muss ich mir ja nicht antun. Und schon gar nicht muss ich mir antun, dass Leo sich die ganze Zeit von ihm befingern lässt. Wer weiß, was in die Tussi gefahren ist. Na ja, mich geht's nichts an.

Ich verabschiede mich und werfe ihr noch einen Blick zu, aber sie guckt gerade nicht. Egal. Besser so, wenn sie nicht guckt. Ich schwinge mich auf mein Rad und trete wütend in die Pedale. Bei meinem Glück springt mir gleich wieder die Kette ab, während ich hier durch die Gärtchenkultur fege. Hier hatten wir also unseren ersten Gig, zwischen Senftütchen und Gartenzwergen. Na ja, auch darüber möchte ich nicht nachdenken, Bühnenpraxis hin oder her, so prickelnd fand ich's nicht, wir haben nicht mal ansatzweise das Programm gespielt, das wir geplant hatten, viel zu wenig eigene Stücke, fast nur das gecoverte Schlagerzeug für die Masse. Und dann die Sache mit Leo. Sie ist wie ein Fluch für mich. Vorhin, als sie sagte, dass ihr mein Song am besten gefallen habe, da ist mir eine ganz schöne Gänsehaut über den Rücken gelaufen. Leo wusste nämlich nicht, dass es mein Song ist. Es war eine ganz ehrliche Antwort, keine, um irgendjemandem Honig um den Mund zu schmieren. Schleimen tut Leo ja eigentlich auch nicht. Ich weiß nicht, warum ich sie vorher nicht mochte, oder doch, ich weiß, ich mochte sie vorher auch, ich wollte nur nicht, dass es einer mitbekommt. Wie idiotisch!

Spinn nicht rum, Steffen, park deinen Drahtesel und hau dich in die Koje. Zuerst versteckst du dich hinter einer stinkigen Mülltonne, weil du einer gewissen L.-M. M. nicht begegnen willst, und kaum läuft sie dir nicht mehr nach, packt dich die Verliebtheit wie diese Kuhseuche, die einem das Hirn aufweicht.

Vergiss Leo, Steffen Wolters, vergiss sie!

Leonie

12

Der Heimweg führt durch die Gärten, es ist die erste laue Nacht in diesem Jahr und es duftet verführerisch von jedem blühenden Baum. Michel hat immer noch den Arm um mich gelegt, Britta ist bei Fusel und Jörg im Auto mitgefahren, Saki ist schon vor zwei Stunden nach Hause gegangen.

Wir schlendern langsam. Michel will ständig stehen bleiben und mich küssen, sodass wir kaum einen Meter vorwärtskommen, aber ich möchte ins Bett, bin müde und erschöpft, friere auch ein bisschen, obwohl die Temperaturen für die Jahreszeit mal wieder vom Treibhauseffekt zeugen.

»Sollen wir uns nicht noch ein bisschen hier hinsetzen? Da vorne ist eine Bank, komm Leo, bleib noch ein bisschen.«

»Ich bin aber müde und will nach Hause.«

»Ach, Leo, komm!«

Er zieht mich zur Bank, lässt sich fallen und versucht mich dazu zu bringen, mich auf seinen Schoß zu setzen. Aber nur zwei Minuten, denke ich mir und lasse mich noch einmal von seinen Armen einfangen, seinen Armen, die mir jetzt gar nicht mehr so angenehm sind wie vorhin, als alle noch um uns herumstanden und Steffen uns ständig beobachten konnte oder musste. Vorhin war es ein Spiel, jetzt wird es mir zu viel. Seine Hände, die versuchen mich gleichzeitig zu berühren und auf seinem Schoß festzuhalten. Er sagt nichts mehr, ist zu einem leicht betrunkenen Murmeln übergegangen, aus dem ich manchmal den Namen Leo heraushören kann. Sonst ist nichts zu hören, die Schrebergartenanlage liegt im stillen Dunkel, wir waren so ziemlich die Letzten, die den Platz verlassen haben. Jetzt wird bestimmt kein Mensch mehr in der Nähe sein. Mir ist's ein bisschen unheimlich. Klar, es ist auch romantisch: Der Mond scheint rund und weiß zwischen den Pappeln hervor, die Bäume duften um die Wette und überhaupt, aber trotzdem ist es hier so unangenehm still, totenstill, und ich will nicht mehr mit Michel zusammen sein, ich will wirklich nach Hause.

»Lass mich jetzt!« Ich richte mich mit Schwung auf und er bleibt etwas benommen auf der Bank sitzen. »Komm, wir gehen, ich krieg sonst Ärger mit meiner Mutter.«

»Ey! Was soll ich denn noch machen mit dem angefangenen Abend? Du kannst doch jetzt nicht einfach 'ne Biege machen! Leo!«

Er streckt die Hand nach mir aus, aber ich weiche zurück.

»Ey, Leo. Das find ich aber ganz schön bescheuert!«

»Das ist mir egal. Ich gehe jetzt nach Hause.«

Ich lasse ihn sitzen, laufe los. Die niedrigen Hecken sind nah an den Weg herangerückt. Wer weiß, wer sich dahinter geduckt hat. Warum kommt Michel nicht, ist er etwa auf der Bank eingeschlafen, wie wir es in unserem Quatsch-Liedchen besungen haben?

Ich drehe mich um, als ich Schritte hinter mir höre. Bis zum Tor ist es nicht mehr weit, danach wäre ich in der Siedlung und jeder könnte mich hören, wenn irgendwas wäre.

»Leo!« Er ist schon da, wirft sich von hinten auf mich und schlingt seine Arme um meinen Körper. Ich erschrecke mich furchtbar, aber er lallt gleich wieder auf mich ein: »Jetzt wart doch mal. Ich wollt so gern noch mit dir zusammen sein. Hast du dich denn nicht in mich verliebt, Leo? Leo! Ich find dich so süß!«

Sein Mund ist an meiner Wange, ich wische ihn weg. Er kommt zurück, ich wische, er kommt, das machen wir ein paar Mal, bis ich schließlich sage: »Hör zu, Michel, ich mag dich auch, aber jetzt muss ich nach Hause, sonst verdrischt dich meine Mutter mit dem Nudelholz.«

Einen Moment ist er verdutzt, dann bricht er in Lachen aus und genau die Minute nutze ich, mache mich los, sause bis zum Tor, knalle es hinter mir zu und flitze wie von der Tarantel gestochen die Straße hinunter. Rosenweg, Geranienweg, Tulpenweg, Gladiolenweg – ich gebe alles, was ich habe, renne noch, als ich unser Haus schon sehen kann, aber er ist längst nicht mehr hinter mir, wahrscheinlich ist er mir nicht einmal bis zum Tor gefolgt. Ich nestele den Schlüssel aus meiner engen Jeanstasche, schlüpfe in den Hausflur und lasse mich erst mal innen gegen die zuklappende Tür fallen. Ich bin zu Hause. Hier kann mir keiner mehr was. Hier bin ich sicher. Ich seufze und lasse meinen Blick auf einer von Krummbeins geometrisierten Flurpflanzen ruhen.

Ihre Blätter glänzen rötlich im matten Schimmer der Notbeleuchtung. Was für ein beruhigender Anblick, ich könnte das Krüppzeug umarmen, so wohl tut es, es dort ruhig und verschlafen in seiner Ecke stehen zu sehen.

Steffen

13

»Steffen, wo willst du denn hin? Willst du nicht mit uns essen, es gibt doch heute Braten!«

»Nein, ich muss weg.«

Ich binde mir die Schuhe zu und streife die Jacke über. Meine Eltern gucken erstaunt, aber ich kann es ihnen jetzt nicht erklären. Ich weiß auch nicht, was los ist. Heute Morgen bin ich schon mit schlechter Laune aufgewacht, weil ich die ganze Nacht Albträume hatte. Wir standen mit den *Killerbienchen* auf der Bühne und alle Leute buhten uns aus, warfen Eier und Tomaten und schrien den Mädchen »Ausziehen, ausziehen!« zu. Ich hab so was mal im Fernsehen gesehen und jetzt wahrscheinlich verarbeitet. Leonie weinte und ich wollte sie trösten, aber Michel kam mir zuvor und steckte ihr eine Bratwurst in den Mund. Überhaupt habe ich die ganze Nacht diesen ekeligen Geruch von Bratwurstfett in der Nase gehabt, wahrscheinlich stinken meine Haare danach. Na ja, es war jedenfalls grauenhaft. Ich hab mich furchtbar geschämt, weil Michel mich angeschnauzt hat und ich vor versammeltem Publikum eine Abfuhr von Leonie bekam, und da sah ich erst, dass das Publikum meine Klasse war.

Ich schwinge mich auf mein Rad und strampele Richtung Proberaum. Mir ist einfach danach, ein bisschen in Ruhe zu spielen, allein zu sein, nachzudenken.

Vielleicht lässt Udo mich mal wieder auf seinem Gabelstapler fahren. Dabei kann ich mich super abreagieren. Ach nein, es ist ja Sonntag und er wird heute gar nicht da sein. Macht nichts, ich weiß ja, wo er den Reserveschlüssel zur Halle hingelegt hat.

Oder ich mache mal wieder ein Lied. Schließlich bin ich der kreative Kopf in der Band und irgendwann werden die anderen schon begreifen, dass Michel mit seiner großen Schnauze gar nichts kann. Genau.

Leonie

14

Als ich am Sonntagmittag frühstücke, ist bei uns mal wieder Trubel in der Bude. Tatti quäkt rum, weil sich ihr Piercing ganz fies und ekelig entzündet hat, und meine Mutter überlegt, ob sie zum Notarzt fahren und den schönen silbernen Ring mit 'ner Kreissäge wieder rausschneiden lassen soll. Die haben Sorgen. Nicole hat eine Freundin zu Besuch und lungert mit ihr auch noch im Wohnbereich herum, sodass ich mich – nach einem Tee und einem Toastbrot – schnell wieder zurückziehe. Ich hab nämlich leichtes Kopfweh und kann so viele Leute nicht ertragen. Außerdem muss ich sowieso zusehen, dass ich den letzten Abend verdaue. Ich hab außer einem ziemlichen Schrecken nämlich auch einen hässlichen Knutschfleck von Michel davongetragen. Verflixt, wie konnte das passieren, dass ich es überhaupt nicht gemerkt habe! Es muss schon am Bierstand gewesen sein. Irgendwann nachdem Steffen weg war und wir nur noch mit Martin und dessen Freunden zusammenstanden. Da habe ich ja sowieso schon gedöst und halb gepennt. Steffen war weg und damit hatte auch meine Konzentration schlagartig nachgelassen. Ich schließe mich im Badezimmer ein und untersuche den Knutschfleck. Er hat die Größe eines Zweieurostücks, da werde ich schon einen Rollkragenpulli anziehen müssen um ihn zu verdecken. Bläschenhaft hat er sich am Hals ausgebreitet, rote und blaue Bläschen im rhythmischen Muster. Sieht aus, als hätte mich das Gullimonster aus Nicoles neuem Computerspiel angesaugt.

Ich weiß gar nicht, wie ich Michel in den nächsten Tagen wieder vor die Augen treten soll. Ich glaube nicht, dass ich wieder locker mit ihm umgehen könnte. Ich ekele mich richtig vor ihm.

Ich will mich gerade noch mal ins Bett legen, als das Telefon klingelt. Es ist Britta. Sie will wissen, ob ich gestern gut nach Hause gekommen bin.

»Geht so«, antworte ich ausweichend und erzähle ihr von dem Erlebnis mit Michel. Dabei muss ich aufpassen, dass ich nicht zu laut rede, denn meine Mutter spitzt immer die Ohren, wenn ich telefoniere, und wenn sie mitbekommt, dass ich Schwierigkeiten hatte, lässt sie mich beim nächsten Mal nicht mehr so lange fortbleiben.

»Soll ich mal rüberkommen?«, fragt Britta. »Wir können ja einen Tee zusammen trinken und du erzählst mir dann alles.«

Ich stimme zu und freue mich auch, dass sie so spontan Zeit hat, obwohl ich ehrlich gesagt nicht weiß, ob ich darüber reden will. Mannometer, es ist ja nichts passiert, er hat mich ja nicht total angegrabscht oder so. Muss ich deshalb gleich so eine Show machen?

Andererseits fand ich es schon verdammt ätzend und ein bisschen Angst hatte ich auch. Ich seufze und schmiere den Knutschfleck an meinem Hals nacheinander mit allen Hautcremes ein, die ich in Mamas, Tattis und Nicoles Schränken finden kann. Das müsste ja wohl wirken.

Als Britta kommt, will sie sofort einen Zettel und einen Stift haben. Verrückte Nudel! Sie zieht nicht mal die Jacke aus, lässt sich in meinem Zimmer sofort in den Korbsessel plumpsen und beginnt einen Song niederzuschreiben.

»Ich hab eine Superidee auf dem Weg zu dir gehabt, Leo! Mir ist nämlich auch mal so was Ähnliches passiert«, sagt sie, während sie eifrig Worte auf meinen Schmierblock kritzelt. »Das ist eine ganz miese Masche. Ich wollte schon immer mal ein Lied dazu machen. Immer schon.« Sie steckt das Ende des Kulis in den Mund, hat wieder eine Idee und schreibt weiter.

»Magst du Früchtetee?«, frage ich und sie nickt nur flüchtig mit dem Kopf und ich gehe in die Küche.

»Wer ist denn das?«, fragt Nicole mich und zeigt auf mein Zimmer.

»Meine neue Freundin«, entgegne ich und grinse sie an. Soll sie doch ihre schöne Stirn in Falten ziehen, soll sie sich doch denken, was sie will; ich finde Britta stark. Seit ich sie kenne, fühle ich mich nicht mehr ganz so verloren auf der Welt. Es ist so richtig schön, dass es sie gibt.

»Leo! Ich hab es fertig. Jedenfalls die Rohfassung. Huh, jetzt bin ich ganz aufgeregt.«

»Willst du erst einen Schluck Tee?«

»Nein, bis der durchgezogen ist, kann ich's nie und nimmer abwarten. Also, es heißt *XXL*. Oder *SOS?* Nein, lieber *XXL*.«

»Handelt es von Pullovergrößen?«, frage ich und lache.
»Jein. Auch. Wart's ab. Ich lese es dir erst mal vor:

Ich geb es ja gerne zu,
ich trag meterhohe Schuh',
Pullis, die mir gar nicht passen,
Ringe, die erblinden lassen.
Meine Klappe, die ist locker,
mich haut so schnell nichts vom Hocker
und mein Ego ist stabil,
ich hab Biss und ich hab Stil.
Ob in Clique oder Sippe,
ich bin Star, ich bin die Hippe.
Ob Sportverein, ob Kellnerjob –
es läuft einfach alles top.

XXL
Für mich geht alles viel zu schnell.
XXL
Ich wollt es hell, doch es wird grell.
XXL
Ich fahre Nervenkarussell.
XXL
Hör damit auf und bitte schnell!
XXL

Doch ich muss dir ehrlich sagen,
eines kann ich nicht vertragen,
wenn man mich nicht respektiert
und nur nach dem einen giert.
Ich hab immer dir vertraut,

Hoffnungen mir aufgebaut,
ich hab dich ganz schrecklich lieb,
doch bei dir zählt nur der Trieb,
ich wollt nur ein bisschen küssen,
nicht gleich mit dir vögeln müssen,
wollte flirten, wollte Spaß,
doch was du machst, hat kein Maß.

XXL
Für mich geht alles viel zu schnell.
XXL
Ich wollt es hell, doch es wird grell.
XXL
Ich fahre Nervenkarussell.
XXL
Hör damit auf und bitte schnell!
XXL

Wenn ich jetzt so vor dir steh
und mich mit lauter Tränen seh,
geht mein ganzer Mut mir weg
und ich fühl mich so wie Dreck.
Du hörst mir nicht mal mehr zu,
nennst mich Zicke, nennst mich Kuh,
sagst, ich tät's ja provozieren,
bräucht mich gar nicht so zu zieren,
sagst mir tausend fiese Sachen,
die mich noch mehr fertig machen.
Da renn ich raus, knall die Tür zu,
jetzt hab ich endlich meine Ruh'!«

Sie lässt den Zettel sinken und ich, ganz begeistert, springe so heftig auf um sie zu umarmen, dass ich beinahe die Teekanne vom Stövchen kippe.

»Das ist supergut, Britta! Spitze!«

»Findest du? Ich weiß nicht. Ja? Findest du wirklich? Sollen wir's noch mal zusammen machen?!«

»Ja, das müssen wir sofort vertonen, Mann, das ist echt scharf!«

Wir nehmen zusammen den Zettel und rappen noch einmal zu zweit. Dann wagen wir uns ins Wohnzimmer, trommeln mein Volk zusammen und machen es ihnen vor und auch sie sind ganz angetan, sogar Nicole, die gerade noch ihre Nase gerümpft hat. Mit Feuereifer strahlen wir uns an, sagen beinahe gleichzeitig: »Komm, wir fahren zum Proberaum! Nur wir beide! Das müssen wir gleich mit Instrumenten ausprobieren, komm, das machen wir fertig!«

Steffen

15

Irgendwie komme ich heute nicht so richtig in Schwung. Ich lege die Sticks zur Seite, grübele. Hier im Proberaum ist es so düster und feucht. Draußen scheint die Sonne, die lockt mich an. Außerdem denke ich mal wieder pausenlos an Leo. Leo: **L**icht, **E**ngel, **O**rpheus. Oder oeL: **ö**fter **e**twas **l**achen. Oder oLe: olé-olé und **o**hne **L**iebe **e**insam.

Ich bin vielleicht eine schräge Type. Sitze hier rum, mache blödsinnige Wortspiele und versuche mir in Erinnerung zu rufen, wie das Sonnenlicht in ihrem Haar glitzerte, als die drei ihr erstes Lied gespielt haben.

Ich denke an ihre Hände, die beim Reden wie aufgeregte Vögel durch die Luft flattern, Singvögel, Urwaldvögel, Paradiesvögel. Und die bunten Ringe an ihren Fingern sind nicht länger kitschige Klunker aus dem Kaugummiautomaten, sondern Papageienfedern.

Schluss jetzt, Steffen! Das hat doch alles keinen Sinn. Du hast deine Chance verpasst, gestern ist sie mit Michel abgezogen, selbst schuld.

Ich stehe auf, schließe den Proberaum hinter mir ab und trete nach draußen. Die Sonne wärmt mich. Wie angenehm warm es heute ist. Das Wetter verändert sich wie die menschlichen Gefühle.

Noch habe ich keine Lust, nach Hause zu gehen. Keine Lust, zu proben, keine Lust, zu lesen oder fernzusehen, keine Lust, zu reden. Vor Tor 19 stehen wie jeden Sonntag die *Overkill* und trinken Bier. Sehe ich richtig, ist Michel auch dabei? Schon wieder fit für den nächsten Alkoholabsturz? Nein, ich habe keine Lust, rüberzugehen und es nachzuprüfen. Gerade mit Michel möchte ich heute nicht sprechen.

Also streune ich lange ziellos auf dem Industriegelände umher. Vögel fliegen auf, Efeu rankt über rote Ziegelmauern, Brennnesseln piksen mich durch das Loch am Knie der Jeans. Ich setze mich auf einen morschen Prellbock der Industriebahnlinie, lege den Kopf in den Nacken, lasse die Beine baumeln. Ewigkeiten sitze ich so. Tue nichts, träume, knibbele die rote und weiße Farbe vom Holz ab, gucke Löcher in die Luft. Wie weit und blau der Himmel ist, keine Wolke zu sehen, Startbahn frei zum Wegfliegen.

Wie ist das mit mir und Leo?

Wie –

Wie Blumen pflücken, wo Brennnesseln blühn.

Wie ein Himmel in Gelb, eine Sonne in Grün.

Wenn ich ein Lied machen will, wenn ich träume und so, erfinde ich mir den Text zuerst in Deutsch, einen Naturtext, den übersetze ich dann ins Englische, damit es keiner so richtig versteht und es sich trotzdem besser anhört und …

Ach, ich kann aber nicht so gute Texte machen. Wie könnte ich einen Song machen, der Leo beeindruckt!

Gut, einen hab ich schon, aber – ach, was ist nur mit mir los. Ich weiß gar nicht, wie ich auf all das komme. Leo ist schuld, Leo hat mich verzaubert, deshalb bin ich seit Tagen so verwirrt. Ich weiß nicht mehr, wo oben und unten ist, wo rechts und links ist. Ich schwanke und schaukele auf dem Prellbock hin und her wie ein Himmel in Gelb, eine Sonne in Grün, wie …

»Steffen!«

Ich fahre herum. Leonie?

Nein. Natürlich nicht. Es ist Britta. Wo kommt die denn her?

Ich klappe den Mund auf, aber sie fragt zuerst: »Was machst du denn hier?«

»Ich? Ich denke nach«, weiche ich aus. »Und du?«

»Äh.« Sie lacht ein bisschen verlegen. »Leo und ich sind heute im Proberaum. Wir haben ein Superlied gemacht. Es heißt *XXL* und handelt davon, dass man sich nicht alles gefallen lassen soll als Mädchen, weißt du, Michel hat Leo doch gestern etwas blöd angemacht und, na ja, jedenfalls sind wir ganz spontan hergefahren, haben ein bisschen an dem Lied gebastelt – und jetzt wollten wir noch ein Eis essen, aber vorher musste ich mal für kleine Mädchen und du weißt ja, die Toiletten …« Sie verdreht die Augen und kneift sich mit den Fingern die Nase zu.

Ich nicke, obwohl ich ziemlich ratlos bin. Was, Michel hat Leo blöd angemacht? Aber will Leo denn nichts von Michel? Was will Leo überhaupt? Und was kann ich jetzt machen?

Britta zuckt die Achseln, hockt sich neben mich auf den Holzbalken und erzählt mir alles. Eigentlich dürfe sie das nicht ausplaudern, aber wenn's der Band und der Freundschaft helfen würde …

Langsam lichtet sich der Nebel in meinem Kopf, und während sie noch erklärt, dass die drei Mädchen jetzt zwar keinen Streit mit uns wollten, aber es trotzdem mit Leo und Michel schwierig würde, und dass Leo doch eigentlich in mich verknallt sei und dass alles aber auch supervertrackt sei, kommt mir ausnahmsweise mal eine echte Idee. Wie gut, dass ich ausgerechnet Britta getroffen habe! Sie ist die einzige Frau, die ich kenne, die aus ein paar wirren Gedankensplittern im Nu einen vorzeigbaren Lovesong basteln kann und die auch gleich »Ja, klar« sagt, als ich sie plötzlich darum bitte.

Leonie

16

Wo Britta nur bleibt? Sie wollte sich doch nur kurz in die Büsche verdrücken. Ich spiele mit ihrem Schlüsselbund herum, werfe ihn in die Luft, fange ihn wieder auf und summe dabei unseren Song vor mich hin.

»XXL – für mich geht alles viel zu schnell!«

Ich singe es lauter, schleudere den Schlüssel weit in den blauen Himmel, hätte ich jetzt einen Ball, würde es noch mehr Spaß machen, ein Basketball wäre ideal, seufz – Jetzt denke ich schon wieder an Steffen im Sportdress, Steffen mit Fähnchen im Haar und Ball in der Hand, so gefällt er mir besonders gut, obwohl er mir auch gefällt, wenn er am Schlagzeug sitzt. Gestern war es schon ein Erlebnis, ihn zu sehen. Ich fand ihn am besten von allen, obwohl ich zugeben muss, dass Martin und Fusel auch stark sind, Michel – pah. Der steht da hinten bei dieser seltsamen *Overkill*-Band, die angeblich nur sonntags und abends ab elf probt. Ich hab keine Ahnung, warum die so komisch drauf sind, ihre Musik soll super sein, aber ihr Verhalten, na ja. Ich wünsche mir jedenfalls, dass Britta sich mal ein bisschen beeilt. Warum sie wohl nicht kommt? Sie hat doch in den Büschen keinen Spiegel, vor dem sie sich schminken und aufstylen könnte.

Puh, jetzt glotzt Michel wieder herüber. Als wir kamen, sind wir ohne zu grüßen an ihm vorbeigegangen und er hat auch nichts gesagt außer: »Ey, sagt man jetzt nicht mal mehr hallo?«

Wenn Michel nicht zu *Paranoid* gehörte, wäre es richtig gut. Saki könnte seinen Part am Keyboard übernehmen. So gut wie er kann sie auch spielen, ein bisschen Übung, das würde schon klappen. Britta würde die Texte aufpeppen. Dann Britta und Steffen als Drummer, zwei von der Sorte zu haben, ist gar nicht verkehrt, und Martin und ich an den Gitarren. Das wär's doch. Ich seufze. Doch Michel existiert nun mal. Leibhaftig. Denn er kommt jetzt sogar rüber. Britta und ich haben beschlossen, dass wir wegen Michel nicht den Kontakt zu den anderen von *Paranoid* abbrechen wollen, aber so einfach wird es nicht werden, wenn er immer dabei ist. Britta! Wo bleibst du denn, du alte Bergziege! Ich hab keine Lust, mich mit Michel allein zu unterhalten!

»Hey, Leo, ganz allein? Wo ist denn deine Bandfreundin?«

Ich drehe ihm den Rücken zu, mache einen auf cool, spiele weiter mit dem Schlüssel. Ob Britta etwas passiert ist? Sie ist schon so lange weg, bestimmt zehn Minuten.

»Redest du jetzt nicht mehr mit mir, oder was? Weißt du, ich finde dein Verhalten ganz schön beschissen!« Er greift meinen Arm und ich mache mich los.

»Hau ab, Michel. Ich will nichts von dir. Also, zieh Leine.«

»Ach, so ist das. Das würde ich mir aber noch mal gut überlegen. Ich meine, du glaubst doch nicht etwa, dass ihr es mit eurem Pipikram zu irgendwas bringen könnt? Wenn ihr groß rauskommen wollt, dann müsst ihr euch schon an uns halten. Wir sind nämlich Profis, wir haben schon Kontakte zu Plattenfirmen geknüpft, stimmt echt, wir fahren nächste Woche wieder auf einen Gig, wir kennen die Szene, während ihr …«

»Wir kommen schon allein zurecht, vielen Dank, Michel.«

»Kommt ihr nie!« Sein Gesicht ist ganz nah an meinem, ich kann die Bartstoppeln sehen. Die wasserblauen Augen glänzen metallisch und ich weiche zurück an die Wand. Ich habe rauen Putz im Rücken und plötzlich sind links und rechts seine Arme neben meinem Kopf gegen die Wand gestützt.

»Du glaubst doch nicht im Ernst, dass aus euch was wird. Gut, diese Britta hat ein paar nette Ideen, aber musikalisch – Mann, das ist ja noch Grundschule! Dann diese Türkin. Glaubst du etwa, die dürfte mal nabelfrei auf 'ner Bühne stehen. Da kommt der Papa aus Anatolien doch gleich mit der Blutrache!«

»Lass Saki in Ruhe!«, fauche ich.

»Ich sag ja nichts. Ich sag ja gar nichts!«, tönt er und grinst breit. »Diese Saki ist mir scheißegal.« Er kommt noch näher, sodass ich seine Bierfahne fast riechen kann. »Im Gegensatz zu dir.«

»Und mir bist du egal!«, schreie ich und versuche unter seinen ausgestreckten Armen durchzutauchen, aber er erwischt mich und hält mich fest. Britta, bitte komm, denke ich fieberhaft, fluche, kratze und spucke Michel an, der aber lässt mich nicht los und labert mich weiter voll.

»Deine Freundin kommt nicht, die ist schon nach Hause gegangen. Komm, Leo, gestern warst du noch ganz anders drauf. Du kannst mich doch nicht erst anmachen und dich jetzt einfach drücken wollen. Du brauchst mich, Leo, für deine Karriere und auch so, komm, wir gehen rein und …«

»Nein, ich brauche dich nicht, weder für meine Musik noch für sonst irgendwas«, gifte ich. Verdammte, verhexte Situation, irgendwas stimmt doch da nicht. Vielleicht haben die *Overkill* Britta überfallen und gekidnappt, aber sie stehen drüben noch alle seelenruhig zusammen und da ganz hinten kommt Udo mit seinem idiotischen Gabelstapler angetuckert, aber er ist so weit weg, er wird mich vielleicht gar nicht hören, wenn ich schreie. Die *Overkill* werden eh nichts machen, sie glotzen und grinsen mit ihren breiten, blöden Gesichtern. »Brittaaa!«

»Hast du Schiss, glaubst du wieder, ich tu dir was, was glaubst du eigentlich von mir, das würd mich mal interessieren, Leo, was du von mir denkst, komm, sag's mir, was du von mir denkst, sag's mir, los!«

Er hat mich wieder an die Wand gedrückt, ich bin aber hingefallen und knie halb. Er steht über mir und dreht meinen Kopf in seine Richtung, grinst, und niemand ist da. Britta hat der Erdboden verschluckt, die *Overkill* halten das für eine weitere Folge von *RTL live dabei* und Udo kommt zwar näher, aber was soll Udo schon machen. Udo ist schließlich so was wie Michels bester Freund.

»Los, sag's mir, wenn du dich traust, sag's mir. Erst mich anmachen, mich angrinsen und mich toll finden, was? Und dann den Schwanz einziehen, klar, sicher, abhauen, mich sitzen lassen und nachher auch noch blöde Lieder machen: *XXL,* ist das eure neue Masche, Kleidergrößen, hä?«

Ich könnte ihm meinen Schlüsselbund vor den Latz knallen oder meine neue Gitarre, aber die Gitarre liegt zu weit weg, an die komme ich nicht ran und den Schlüsselbund würde er wohl nicht mal richtig spüren.

»Sag's schon, Leonie, echt, ich bin mal gespannt, was du jetzt sagst, jetzt, nachdem du mich gestern schnöde sitzen gelassen hast, man sieht sich nämlich immer zweimal im Leben, zweimal, und diesmal –«

»Ich find dich scheiße«, sage ich und rechne mit dem Schlimmsten, als ich sehe, wie sich seine Augen weiten, granatengroß werden sie, blaue Scheiben in weißen Seen mit Blutäderchen. Ich fang an zu zittern und will schreien, da sehe ich den Gabelstapler ranrollen und obendrauf sitzt nicht Udo – es sind Steffen und Britta.

Steffen

17

Mensch, Michel, bist du jetzt völlig durchgeknallt? Das ist doch kein Spaß mehr! Ich bremse Udos Mondfahrzeug, während Britta schon abspringt und auf Michel zustürzt, der auch sofort aufsteht und Leo loslässt.

»Ey, Leute, es ist nichts passiert, ihr braucht mich gar nicht so böse anzugucken!«

»Verschwinde, Michel, bevor ich tollwütig werde!«, brüllt Britta und will auf ihn los, aber er weicht zurück und hebt die Hände.

»Sie wollte doch was von mir! Sie hat mich doch ständig angebaggert, sie ist doch selber schuld!«

»Das stimmt nicht«, schreit Leo vom Boden her. Sie bleibt noch einen Moment liegen, kämpft mit den Tränen, wischt sich über das Gesicht und steht auf. Britta will ihr helfen, aber sie wehrt die Hand ab.

»Ich wollte nie was von dir. Ich fand dich ganz nett, ja, aber das hat sich jetzt erübrigt. Ich will dich nie wieder sehen.« Sie blickt zu Britta und die legt ihr den Arm um die Schultern.

»Wir können uns einen anderen Proberaum suchen«, sagt sie.

»Oder Michel sucht sich eine neue Band.« Das sage ich.

In diesem Moment höre ich im Hintergrund die *Overkill* grölen. »Da wäre doch vielleicht schon eine.«

Michel wird blass, die Mädchen schweigen.

»Du kannst mich nicht einfach rauswerfen. Ich bin Bandleader und Fusel und Martin haben auch noch ein Wörtchen mitzureden!«

»Fusel wird sich mit Sicherheit auf die Seite der Frauen stellen«, entgegne ich kühl. »Und Martin ist mein Freund, aber es kann natürlich sein, dass er sich mit dir auf eine Stufe stellen will, dann –« Ich zucke die Achseln. »Wenn du nicht gehst, gehe ich«, beschließe ich und fühle mich so stark wie noch nie in meinem Leben. Ich könnte meiner ganzen Schulklasse die Zunge rausstrecken.

»Wenn das so ist, viel Spaß noch.«

Michel dreht sich um und stiefelt grußlos den Weg vom Gelände hinunter. Wir drei stehen noch einen Moment schweigend und sehen ihm zu, wie er an den *Overkill* in weitem Bogen vorbeigeht, obwohl sie sich die Kehle aus dem Hals johlen vor lauter Schadenfreude. Er guckt einmal zu dem offenen Seitentor, aus dem ich den Gabelstapler entwendet habe, geht aber nicht hin, Gott sei Dank. Ich darf das Ding ja nicht einfach nehmen. Die *Overkill* könnten ja in die Halle reingehen und dort Randale machen. Doch nichts geschieht. Michel verschwindet aus dem Blickfeld und die *Overkill* ziehen sich zu einer neuen feucht-fröhlichen Proberunde in ihren Raum zurück. Das Löwengefühl ist wieder da. Jetzt kann's losgehen. Ich blicke die

Mädchen auffordernd an und Britta schlendert wie verabredet zu den aneinander geketteten Fahrrädern und schließt sie auf.

»Puh!«, macht Leo noch einmal. Sie sieht etwas mitgenommen aus.

»Wo bist du so lange gewesen, Britta? Ich dachte, ich werde wahnsinnig, als du nicht kamst.«

Britta setzt eine entschuldigende Miene auf und deutet dann auf mich. »Ich habe ihn getroffen, ich musste ihm einen kleinen Gefallen tun.«

»Toll!«, will sich Leo ereifern, aber dann überlegt sie sich's anders, guckt mich an und sagt: »Danke. Danke, dass du das mit der Band gesagt hast.«

Ich kann nichts dagegen tun, dass ich rot werde.

Britta hat die Fahrräder losgemacht, hält sie beide fest und wirft mir einen aufmunternden Blick zu. »Ja, das hast du spitzenmäßig gemacht. Das ist die richtige Abreibung für ihn. Aber, äh, wollten wir nicht alle drei noch ein Eis essen gehen?«

»Ja«, sagt Leo. »Du bist auch eingeladen, Steffen.«

Sie will zu ihrem Rad greifen, aber Britta stößt sie leicht zurück. »Lass mal, ich nehm die Räder schon.«

Leo blickt irritiert und jetzt bin ich an der Reihe, jetzt muss ich etwas sagen, jetzt wird es sich zeigen, ob mich mein Mut gleich wieder verlässt oder nicht.

»Ich wollte dich fragen, ob du, ob du das Stückchen bis zur Halle nicht bei mir auf dem Gabelstapler mitfahren willst.«

Sie klappt den Mund auf, Britta beißt sich auf die Lippe, fängt an unser Lied zu summen und geht langsam, die Räder schiebend, voraus.

Leo legt den Kopf schief, atmet tief durch, lächelt und klettert neben mich auf den schmalen Sitz.

So fahren wir. Nebeneinander rollen wir auf einem geklauten Gabelstapler ins Abendrot hinein, die *Killerbiene* und ich, der Bongo-Trommler. Wir fahren Schlangenlinien zwischen Pfützen und Pflanzen hindurch, und als wir Britta überholt haben, bringe ich meine Courage auf den absoluten Tageshöhepunkt. Ich gestehe ihr, dass ich ein Lied für sie gemacht habe, mit Brittas Hilfe und doch allein.

»Für mich? Echt?« Leos Augen leuchten und strahlen wie Wunderkerzen.

»Ja. – *Du hast mich verzaubert«*, spreche ich, dann Pause, rechts schon die Halle, links die verblichene Schrift: Tor 4, Tor 3, vorne der Horizont: Schrotthaufen, Gestrüpp und eine verrückt funkelnde Sonne.

Ich singe:

»Du hast mich verzaubert.

Bist gekommen,
hast mir den Atem genommen,
hast meine Welt verdreht,
sodass nichts mehr geht.

Wie Blumen pflücken, wo Brennnessel blühn.
Wie ein Himmel in Gelb, eine Sonne in Grün.
Wie Schokolade mit Zimtgeschmack,
eine Rockband in Fliege und Frack –
und es macht klirr,
es macht klack,

es macht zick,
es macht zack,
es macht boing,
es macht birr,
es macht klimperklamperklirr,
wenn du
bist bei mir.«

Ich blicke zu Leo rüber, ihre Wangen glühen, ihr Mund steht ein Stückchen offen, sodass ich ihre Schneidezähne blinken sehen kann.

»Hast mir gezeigt,
dass nicht gewinnt, wer schweigt.
Hast mich gelehrt,
dass Liebe ist alles wert.

Wie ein Gänsehautschauer, nicht kalt sondern schön,
eine Badewanne mit singendem Föhn.
Wie eine Mathestunde mit Schabernack,
ein Skateboard in mintgrünem Lack.«

Sie versucht mitzusingen, verhaspelt sich aber, kichert.

»Und es macht klirr,
es macht klack,
es macht zick,
es macht zack,
es macht boing,
es macht birr,
es macht klimperklamperklirr,

wenn du
bist bei mir!«

Sie ergreift meine Hand und so dümpeln wir weiter mit dem Gabelstapler auf den Horizont zu, Abendblau und Marmeladenrot warten auf uns und wie in einer Comictraumblase sehe ich das Nachwuchsrockfestival vor mir, Leo, unsere gemeinsame Band, die Trommeln, den Dschungel, die Vögel, das voll geile Glück –

»Hey, Steffen! Pass auf, du träumst, du fährst uns ja gegen die Wand!«

– und ihr Lachen.